오늘은 위로가 필요해

위로가 필요한 _____ 에게

▼

prologue: 위로가 필요한 이에게

　가끔은 삶이 하나의 문제집 같다고 느껴질 때
가 있어요. 답을 모르는 문제들을 풀어나가다
보면 언젠가 해설집이 나오잖아요. 사람 사는
것도 그것과 다르지 않다는 생각이 들었거든요.

　우리는 살아가면서 많은 문제와 부딪히게 돼
요. 대개 정해진 답은 없고 선택을 해야 하는 경
우가 많기에 스스로 선택하고 얻은 결과에 따라
나만의 답이 생기는 것 같아요. 그리고 나의 경
험으로 작성된 해설집은 앞으로 내가 비슷한 상
황을 겪을 때 도움을 주는 역할을 해요.

저마다의 삶이 다르듯, 각자의 해설집 또한 달라요. 하지만 다르다고 해서 결코 틀린 것은 아니에요. 타인의 해설집은 나에게 또 다른 정답이 될 수도 있고 나의 생각을 넓힐 수도 있는 기회가 될 거예요.

이 책은 저만의 해설집이에요. 실제로 글을 쓰기 시작하면서 많은 사람에게 받았던 질문과 고민으로 이루어져 있어요. 나라면 어떻게 했을까 고민하면서 상대방의 입장이 되어 보기도 하고, 같은 상황을 겪었을 때 제가 듣고 싶었던 말을 적기도 했어요.

해결책보다 위로가 필요한 사람에게, 저와 독자분들이 써 내려간 이 책이 도움되기를 바라요. 인생에 정답은 없어도 대답은 해드릴 수 있으니까요.

가희 올림

contents

2.

이별이 어려운 너에게

3.

응원이 필요한 너에게

4.
위로가 필요한 너에게

1.

사랑이 어려운 너에게

▼

그럼에도 불구하고
포기할 수 없는 것

　가끔은 연인이 아니라 사랑에 목을 맨다. 누
군가를 사랑하게 되면서 생기는 감정을 사랑하
는 거라고 말할 수 있겠다. 누군가를 진심으로
사랑하는 마음이란 곧 헌신할 수 있게 되는 마
음, 나보다 소중한 것이 생긴다는 것은 또 언제
겪을지 모를 귀한 감정이기에.

　이와 비슷한 마음가짐으로 누군가와 연애를
하면 알게 되는 큰 단점이 있다. 나를 잊어버리
거나 잃어버린다는 것. 상대에게 모든 것을 맞
추느라, 상대가 사랑하는 내가 되느라, 상대만

을 바라보다 나를 보지 않느라 스스로를 잊어버린다. 그렇게 되면 내 상처는 안중에도 없으면서 상대에게 작은 생채기만 나도 어쩔 줄 모른다. 내가 아픈 것보다 그 사람이 아픈 게 싫다. 내 힘듦은 전부 별것 아닌 것이 되며, 그 사람의 힘듦은 어떤 것보다 크고 무겁기만 하다.

  가끔은 내가 아닌 다른 사람이 되기도 한다. 감정 조절이 어려워진다는 말이다. 매일 울다가 웃다가 하는 것이 마음이 조금 아픈 사람 같기도 하고, 감정이 격해질 땐 소리도 지르고 물건도 집어 던진다. 그러다 잔잔해질 때가 오면 아무렇지도 않게 웃으면서 사람을 만난다. 매일 다른 사람으로 눈을 뜨게 되는 '뷰티 인사이드'의 주인공이 된 것처럼 스스로를 자꾸만 잃어버린다.

처음 연애를 시작할 땐 마냥 좋기만 했었는데, 만난 기간이 길어질수록 이별이 걱정돼요.

마음이 깊어질수록

'만난 기간이 길어질수록'이라는 말보다는 '사랑하는 마음이 깊어질수록'이라는 말이 더 적절할 것 같아요. 마음이 커지면 커질수록 불안해지는 감정이 어떤 것인지 알거든요. 나에게 너무 소중해져서 한순간 사라질까 두려운 건, 사랑하는 사람이 생기면 자연스럽게 같이 생겨나는 감정이라고 생각해요.

제가 지금보다 어릴 때는 호기심만으로 연애를 시작했었어요. 그러다 보니 마음이 커지기는커녕 금세 식어버려 짧고 얕은 연애만 반복하게 되더라고요. 그때는 '이렇게 좋아하는데, 헤어지면 어떻게 하지'라는 생각을 전혀 못 했었던

것 같아요. 단순히 서로 좋아할 땐 만나면 되는
거고 마음이 끝날 땐 헤어지면 되는 거라고 생
각했어요.

하지만 사랑이라는 감정이 그렇게 단순하지
가 않더라고요. 진심으로 누군가를 사랑한다는
건, 제가 알고 있던 것과는 전혀 다른 감정이었
어요. 그동안 해왔던 것들은 연애라기보다는 소
꿉장난 같은 거구나, 이런 게 연애구나 하고 생
각하게 되는 사람을 만나면서 느꼈어요. 좋아하
는 마음이 커지면 커질수록 조그마한 균열에도
엄청 불안하고 무서워지더라고요. 이대로 헤어
질까 봐서요.

아침엔 행복한 사람이었다가 저녁엔 세상을
잃은 사람처럼 굴기도 했어요. 수시로 달라지는
감정에 스스로한테 짜증도 많이 냈던 것 같아
요. 그 사람도 나를 좋아한다고 말해주고, 나도
그 사람을 무척이나 좋아하는데 대체 뭐가 문제
인 걸까. 나는 뭐가 그렇게 불안한 걸까. 이런
생각들이 끊이질 않았고 결국 저보다는 상대방
이 지쳐서 헤어지게 됐어요. 감정 기복이 심한

저를 맞춰주기 힘들었다고 하더라고요.

 헤어진 직후에 나는 그 사람을 많이 좋아한 것뿐인데, 내가 뭘 그렇게 잘못한 걸까 하면서 원망도 많이 했어요. 하지만 한참이 지난 후에는 알 수 있었어요. 저는 헤어질 생각조차 없는 사람 옆에서 매일 헤어질 걱정만 해댔던 거예요. 너무 좋아한다는 이유로요. 그러지만 않았어도 그 사람을 지치게 하지는 않았을 텐데 말이에요.

 우리, 일어나지도 않은 일을 미리 걱정하면서 지금의 행복한 순간들을 놓칠 필요가 있을까요. 지나간 과거나 오지도 않은 내일보다는 현재가 가장 중요하다는 말이에요. 부디 지금의 감정에 충실하셨으면 좋겠어요. 서로를 사랑할 수 있을 때 마음껏 사랑해주세요.

아주 예쁜 선인장을 제가 너무 좋아해서
끌어안고 있는 듯한 연애를 하고 있어요.
주변의 만류에도 불구하고 이런 연애를
지속하는 자신에게 회의감이 들어요.

예쁜 선인장

이 말을 들었을 때, 너무 마음 아픈 표현이라
유독 기억에 남았던 것 같아요. 그만큼 아픈 연
애를 하고 있다는 게 깊이 느껴졌거든요.

대개의 사람들은 본인의 일이 아닐 땐 쉽게
얘기해요. 그렇게 힘들고 아픈 연애를 하는 게
이해되지 않는다고 하거나 걱정돼서 그렇다는
말을 앞세우며 차라리 헤어지라는 말을 서슴없
이 던지기도 해요. 그게 얼마나 큰 상처가 되는
일인지도 모르면서요.

얼마나 아프고 힘든지는 본인이 가장 잘 알
잖아요. 이럴 때 필요한 건 충고나 조언이 아닌

위로인데 말이에요. 저도 자주 그런 사랑을 하는 사람이라서 알아요. 아픈데도 어쩔 수 없이 안고 있어야 하는 마음을 너무 잘 알아요.

그럼에도 이 한 마디는 전하고 싶어요. 너무 예쁜 선인장을 끌어안고 있는 자신도 누군가에게 혹은 나에게 너무 예쁘고 소중한 존재라는 걸요. 다른 사람을 사랑하느라 본인을 사랑하는 것을 잊지 않았으면 좋겠어요.

너는 예쁜 꽃이야.

좋은 향기도 나고 꽃잎의 색도 참 예뻐.

누군가를 좋아한다는 말과 사랑한다
는 말의 차이는 뭘까요?

울컥하는 마음

좋아한다고 말할 땐 설레지만,
사랑한다고 말할 땐 눈물이 나요.

너무 아픈 사랑을 하고 나니, 이제 다시는 사랑을 하고 싶지 않아졌어요.

사랑의 모양은 다양해서

 모든 사랑이 행복하기만 하면 얼마나 좋을까요. 어떤 사랑은 누군가를 사랑하는 마음의 크기만큼 아프기도 해요. 정말 안 하느니만 못한 사랑이 되어버리는 거예요.

 예전에 착한 사람을 만난 적이 있어요. 착하다는 기준은 사람마다 다르겠지만, 쓰레기는 쓰레기통에 버린다거나 어른들에게 예의가 바르다거나 하는 기본적인 것들을 너무 잘 지키는 사람이었어요. 그런 모습들을 보고 나니 자연스레 착한 사람이라는 인식이 생기더라고요. 물론 연애할 때도 마찬가지였어요. 어디를 가더라도 저를 배려해주고 말도 예쁘게 하는 모습에 더 좋아하게 되었던 것 같아요.

  그러다 시간이 지날수록 조금씩 변하더라고요. 아니, 원래대로 돌아간다는 말이 맞는 것 같아요. 어느 순간부터 약속을 어긴다거나 화를 많이 낸다거나 욕설을 내뱉는 등, 처음과 다른 모습들을 보게 됐어요. 당황스럽기도 했고 무섭기도 했지만, 이미 좋아하게 되어버려서 어떤 말도 할 수가 없었어요. 저에게 화를 내거나 욕을 해도 가만히 있었어요. 지금만 버티면 다시 착한 사람이 되어줄 거라는 작은 기대를 안고서요.

  물론 다시 착한 사람이 되는 기적은 없었어요. 그 사람은 원래 그런 사람이었고 저에게 호감을 얻기 위해 착한 사람을 연기했던 거였으니까요. 그런 연애를 겪고 나니 자연스럽게 사랑이라는 감정 자체에 거부감이 생기게 되고 '새로운 사랑을 하게 되더라도 같은 결말이겠지, 나는 또 상처받을 거야.' 하면서 사람 자체를 멀리하게 됐어요. 다시 누군가를 사랑하게 되면 곤란하니까요. 저는 더이상 아프기 싫었거든요.

하지만 시간이 지나면서 그런 생각이 옅어질 때쯤, 저는 새로운 사랑을 시작했어요. 사랑이라는 게 제가 안 한다고 해서 마음처럼 되는 건 아니잖아요. 그리고 새로운 사랑을 하면서 당연한 사실을 깨달았어요.

그때 나를 힘들게 했던 사람과 앞으로 내가 만나게 될 사람은 다른 사람이고, 그때의 나와 지금의 나도 다른 사람이며, 사람마다 사랑하는 방식이 다르기에 모든 만남의 결말이 똑같지 않다는 사실을요. 전에 했던 사랑이 아팠다고 해서 앞으로의 사랑까지 아플 거라고 단정 짓지 않았으면 좋겠어요. 사랑의 모양은 너무 다양해서 언젠가 나에게 꼭 맞는 모양을 만나게 되는 날이 올 거라고 생각해요. 부디 사랑을 미워하지 말아요.

사랑하는 사람에게 상처받는 게 너무
힘든데, 아직도 너무 사랑해서 헤어
지면 더 힘들까 봐 무서워요.

미련 없이 사랑하는 방법

상대방을 너무 좋아하게 되면 그럴 수 있어요. 사랑하는 사람에게 상처를 받는 것만큼 속상하고 아픈 일도 없을 테니까요.

저 같은 경우에는 헤어지지 않는 쪽을 택해요. 어차피 제가 못 헤어질 거라는 사실을 알고 있거든요. 대개의 사람들은 그냥 헤어지라고 말해요. 그렇게 힘들어할 바에 헤어지는 게 낫지 않냐, 네가 뭐가 아쉬워서 그런 사람을 만나고 있냐. 그렇게 말하는데, 사실 아쉬운 거 맞거든요. 내가 너무 사랑하는 사람이라 그렇게 힘들어도 헤어지기 아쉬운 걸 어쩌겠어요.

저는 헤어져서 혼자 힘들어하는 것보다 누군
가를 사랑하면서 힘든 게 더 슬픈 일이라고 생
각해요. 하지만 헤어져서 혼자 힘들어하는 것보
다 누군가를 사랑하면서 힘든 게 더 낫다고 생
각해요. 다른 사람들이 보기엔 미련할지 몰라도
혼자가 됐을 때에 내 감정을 생각하면 그게 더
편한 것 같아요. 그게 누군가를 미련 없이 사랑
하는 방법이라고 생각하거든요. 헤어지고 나서
느낄 아픔을 먼저 겪는다고 자기 위로를 하는
거예요. 감정이 남은 상태에서 이별을 선택하는
것보다 이게 더 낫다고 생각하면서요.

아파도 사랑을 부정할 수는 없더라.
미워도 사랑은 사랑이더라.

갖다 버려도 모자랄 것들을 전부 사랑이라고 해댔더니. 진짜 사랑을 받게 될 때면 눈물이 났다. 감사함에 고마움에 감격스러움에. 누군가 나를 진심으로 사랑한다는 것이 절실히 느껴진다는 사실에. 한참을 울고 나면 내가 이렇게나 사랑에 목말라 있었나. 싶었다. 그럴 때면 나는 내가 너무 가엽게 느껴졌다.

사랑이라는 게 별 감정을 다 들게 한다. 행복, 슬픔 같은 감정 외에도 연민, 좌절, 치욕, 비굴, 오기. 셀 수 없이 많은 감정을 느끼게 했다. 대체로 긍정적인 감정보다 부정적인 감정이 많았다. 그럼에도 사랑이라서, 계속했다. 나는 항상 머리보다 마음을 따랐다.

힘들다고 놓아 달라는 사람을 계속
잡고 있는 건 너무 이기적인 걸까요.

더 안타까운 사람

서로 이기적인 게 아닐까요. 붙잡고 있는 사람이나 놓아 달라는 사람이나 똑같이 본인 감정이 우선인 거잖아요.

하지만 더 안타까운 건 붙잡고 있는 사람이라고 생각해요. 내가 사랑하는 사람이 나에게 놓아 달라고 말하는 건 너무 슬픈 일일 것 같거든요. 저도 사랑 앞에서는 한없이 이기적인 사람이라 놓지 않을 것 같아요. 상대방의 마음이 끝났다거나 다른 사람을 사랑하게 되었다고 해도 제 마음은 아직 그 사람을 사랑하고 있다면요. 일방적으로 헤어지자는 말을 들은 것도 아니고 놔달라는 거니까, 내가 놓지 않으면 떠날 수 없다는 말로 알아들을 거예요.

　상대방이 나를 이기적인 사람이라고 생각하
게 되고 만나는 내내 힘들기만 하더라도 저는
그럴 것 같아요. 어떻게든 마음을 돌리려고 노
력해보다가 도저히 마음을 돌릴 수 없다는 생
각이 들면, 그 사람 옆을 지키면서 마음 정리를
할 거예요. 내가 헤어질 수 있을 때까지 시간을
달라고 말하면서요. 사랑 앞에서 내가 덜 아플
수 있다면 한없이 이기적인 사람으로 살고 싶어
요. 저를 위해서요.

나도 알아. 마음이 없는 사람을 내 옆에 두는 일이 얼마나 비참하고 속상한지. 그럼에도 계속 옆에 있고 싶은 마음은 어쩔 수가 없잖아.

믿음이 무너진 연애는 어떻게 지속
해야 할까요. 아니, 지속할 수는 있는
걸까요.

저는 믿음이 끝나면 사랑이 끝나요. 그랬던 경험이 있거든요. 정말 사랑한다고 생각했던 사람의 거짓말들을 알게 되자 사랑하는 마음이 한순간에 사라져서 아무렇지 않게 헤어질 수도 있었어요. 제 자신이 신기할 만큼이요.

그래서인지 아직도 사랑하는 사이에서 가장 중요한 건 신뢰라고 생각해요. 신뢰가 깨진 상태에선 진심으로 미안하다는 말에도 믿음이 가지 않을 거고 나도 모르게 상대방의 일거수일투족을 의심하게 되겠죠. 서로 너무 힘든 연애가 될 거예요.

그럼에도 불구하고 사랑을 이어가고 싶다면 이미 생긴 불신을 없앨 수는 없으니 차차 줄여나가야 해요. 본인은 그 사람을 다시 믿는 것이 아닌 그 사람을 믿고 싶어 하는 자신을 믿어야 하고, 상대방은 같은 잘못을 저지르지 않아야 해요. 혼자 노력한다고 되는 게 아니라는 거죠. 사랑이 그렇듯이 말이에요. 사랑, 신뢰. 두 단어가 같은 자음인 데에는 이런 이유가 있지 않았을까요.

사랑하면 믿어야 해.

사랑하면 믿음을 깨지 않아야 해.

참 말은 쉽다. 그렇게 행동하긴 어려운데.

언제 헤어질지 모르는 불안한 사랑을
하고 있어요. 어떻게 해야 좋을까요.

저는 겁쟁이라서 누군가와 시작하기 전부터 많은 걱정을 하는 편이에요. 주변에 이성이 많은 사람, 입만 열면 거짓말을 하는 사람, 주사가 심한 사람, 연락이 잘 안 되는 사람 등등. 나를 불안하게 하거나 힘들게 할 요소들을 가진 사람과는 애초에 시작조차 하지 않으려고 해요. 누구나 그렇듯이 새로운 사람을 만나게 되면 오래 사랑하면서 만나고 싶잖아요. 저도 그런 사람이라 처음부터 벽을 치게 되는 것 같아요.

하지만 이미 시작한 뒤에 언제 헤어질지 모르는 불안한 연애가 지속된다면, 마음이 더 커지기 전에 도망갈 거예요. 더 힘들어지기 전에 끝내는 게 낫다는 판단을 하는 거예요. 도망을 못 갈 정도로 좋아하게 되어버리면 다른 방법이 없거든요. 앞서 말했듯이 겁쟁이라서 그 사람을 떠날 용기도 없을 테니까요.

떠날 수 있을 때 떠나지 않으면
떠나고 싶어도 떠나지 못할 테니까.

제 주변 모두가 애인과 헤어지라고 해요.
저도 그게 맞는 것 같은데, 아직 너무 사
랑해서 헤어질 수가 없어요. 대체 어떻게
해야 할까요.

　　모두가 헤어지라고 할 정도면 연인을 무척이
나 힘들게 하는 사람인가 봐요. 그래요. 나를
힘들게 하는 사람과는 헤어지는 게 나을지도 모
르겠어요. 만나는 내내 울고 아파할 테니까요.

　　그런 연애를 하게 되면 대개의 사람들은 이렇
게 말해요. 머리로는 알겠는데, 마음은 잘 안된
다고. 연애가 언제부터 머리로 하는 일이 됐나
요? 머리가 헤어지라고 하면 마음이 뿅 하고 사
라지는 건가요? 그건 아니잖아요. 백날 헤어지
는 게 맞다는 생각이 들면 뭐해요. 헤어져도 마
음은 제자리일 텐데. 오히려 자꾸 머물러 있는
마음 때문에 머릿속은 온통 그 사람으로 가득

차 버릴지도 모를 일이에요. 헤어지길 잘했다는 생각에서 헤어지지 말걸 그랬다는 생각으로 변할걸요.

연애 상담이나 조언을 해주는 사람들의 애기를 들어보면, 다시는 그런 연애를 하지 말라고 해요. 상대방을 너무 사랑하면 안 된다고. 적당한 마음을 주고받으면서 하는 연애가 건강한 거래요. 아무리 생각해도 이해가 잘 안 돼요. 어떻게 사랑을 적당히 할까요. 저는 모 아니면 도거든요. 사랑하든가, 안 하든가. 지금이 아니면 못 할 수도 있잖아요.

저는 모두가 헤어지라고 하는 그 사람과의 연애가 끝나지 않았으면 좋겠어요. 적어도 사랑하는 마음이 사라지기 전까지는요. 너무 아픈 사랑은 사랑이 아니었다는 말, 저는 안 믿어요. 사랑하면서 좀 아플 수도 있고 울 수도 있지. 내 마음 다 해진다고 해도 계속 사랑하고 싶으면 마음이 끝날 때까지 해요. 이런 만남을 유지하는 것도 아프지만, 사랑하는 마음을 억지로 끊어내는 것도 아파요. 주변에서 미련하네 마네

하는 소리들 무시하고 마음 가는 대로 해요. 그렇게 만나다 마음이 끝나면 그땐 미련 없이 헤어져요. 우리는 할 만큼 했으니까, 그때가 되면 속이 다 후련할 거야.

너무 사랑했던 사람과의 연애가 끝나고
나니 이제 다시는 사랑을 못 하겠어요. 그
사람이 아닌 다른 누군가를 사랑할 수 없
을 것만 같아요.

또다시, 사랑

아마 사랑을 해본 적 있는 사람이라면 누구나 그런 생각을 해봤을 거라고 생각해요. 물론 저도 누구나에 속하는 사람이라 10대에 만났던 첫사랑과의 연애가 20대가 되어서 끝났을 때 그런 생각이 들었어요.

'아, 이제 나는 어떻게 사랑을 해야 하지? 다른 누군가를 만나도 이렇게 사랑하고 사랑받으면서 연애할 수 있을까. 그 사람이 아닌 다른 사람과 그렇게 하는 것이 가능할까.'

미련에 가까운 감정은 아니었어요. 헤어지고 얼마 안 가 새로운 사람을 만나는 그 사람을 봐도 마음이 아프지는 않았거든요. 그렇게 일 년이 지나도록 그 사람이 새로운 연인과 추억을 쌓는 동안 저는 혼자였어요. 하지만 그것도 나쁘지는 않았어요. 혼자서도 할 수 있는 일은 많았고 제 자신을 알아가는 시간이기도 했으니까요.

그러면서도 누군가를 만나지 못할 거라는 생각에는 변함이 없었어요. 사람에게 마음을 여는 일 자체가 어려웠거든요. 아마도 그때의 저는 사랑을 두려워했던 것 같아요. 어차피 언젠가 헤어질 거라면 안 하는 게 낫다는 마음으로 지냈어요. 다시 누군가를 좋아하게 되기 전까지는요.

사랑이란 감정은 예고도 없이 찾아오는 거잖아요. 사람마다 때가 다를 수 있어요. 바로 새로운 사랑을 시작하게 되는 사람이 있는 반면, 어느 정도의 시간이 필요한 사람도 있는 거예요. 그러니 벌써부터 새로운 사랑에 대해 걱정하고 있지 않으면 좋겠어요. 다시는 사랑을 할 수 없을 거라는 부정적인 생각보다 언젠가

다시 사랑을 하게 될 거라는 생각으로 지냈으면
해요.

언제, 어디서, 어떤 사람을 만나 어떻게 사랑
을 할 거라는 말은 못 해주지만, 당신은 분명
새로운 사랑을 하게 될 거예요. 누군가를 사랑
했던 그 마음 그대로, 어쩌면 그보다 더한 사랑
을 할 수 있기를 바라요.

첫사랑의 기준은 뭘까요.

사람마다 다양한 기준이 있겠지만, 저는 처음 사랑이라는 감정을 느끼게 해준 사람이 첫사랑이라고 생각해요. 이게 사랑이구나, 사랑이란 이런 거구나. 싶은 마음을 들게 해준 사람이요.

애인이 저랑은 다르게 너무 무뚝뚝한 성격이에요. 애정 표현을 해주지 않아서 매일 서운해요.

기다려주세요

저도 그런 사람을 만났던 적이 있어요. 워낙 표현하는 것을 좋아하고 애교도 많은 성격인데, 상대방은 그렇게 해주지 않으니 서운함이 쌓이기만 하더라고요. 한번은 참다못해 친구한테 하소연을 했어요.

"내 남자친구가 너무 표현을 안 해줘서 속상하고 힘들어. 매일 말해도 달라지지 않아."

그러니 친구가 그렇게 대답하더라고요.

"혹시 가족한테 사랑한다고 한 적 있어?"

이게 무슨 뚱딴지같은 소리냐고 물으니 친구의 남자친구는 한 번도 가족에게 사랑한다고 말한 적이 없대요. 수십 년을 함께한 가족에게조차 사랑한다는 말을 못 하는 그런 사람도 있다는 거예요. 그런 사람에게 당장 사랑한다는 말을 내놓으라고 강요한들 그게 되겠냐는 말이었어요. 어쩐지 한 번에 이해가 되면서 나와 다르다고 해서 마냥 투정부렸던 게 너무 미안해지더라고요.

사람마다 사랑하는 방식이 달라요. 그러니 표현하는 방법도 제각각인 거예요. 내 방식과 다르다고 상대방이 나를 사랑하지 않는 것은 아니라는 말이에요. 그럼에도 서운하다면 본인이 더 표현해 주세요. 사랑하면 서로 닮는다고 하잖아요. 상대방이 본인처럼 표현할 수 있을 때까지 기다려주세요.

귀여워. 지금 만나자. 밥은 먹었어?

따듯하게 입고 다녀. 전화할까. 좋아해.

보고 싶어. 안아줘. 손 잡을래. 사랑해.

우리 작은 것부터 하나씩 연습해 보기로 해.

열 번 찍어 안 넘어오는 나무가 없다는데, 그 사람도 그럴까요? 계속 도전하는 게 맞을까요?

진심으로 좋아한다면

예전에 어디서 그런 말을 봤던 기억이 나요. 안 넘어간다고 해서 나무를 열 번이나 찍으면 나무가 아파한다는 말이요. 사람 마음이라고 어찌 다르겠어요. 서로의 감정이 다른 것은 내가 어떻게 할 수 있는 것이 아닌데, 열 번 넘게 강요한다고 해서 달라질 수 있을까요.

누군가를 짝사랑하는 사람에겐 마음 아픈 말이지만, 상대방에게 내 마음과 같은 마음이기를 강요하는 것은 감정을 폭행하는 것과 다르지 않아요. 누군가의 마음을 거절하는 일도 결코 쉬운 일은 아니잖아요. 그것을 수차례 해야 하는 사람의 입장도 생각해줘야 한다는 말이에요.

내 마음이 우선인 것은 어쩔 수 없지만, 그렇다고 해서 내 마음만 생각해서는 안 돼요. 내가 누군가를 애틋하게 생각하는 마음이 상대방에겐 불편한 마음이 되는 일만큼 속상한 일도 없잖아요. 진심으로 누군가를 생각한다면 그 사람의 마음도 생각해 주시기를 바라요.

누군가를 짝사랑하는 거 힘들고 속상하지.
하지만 누군가의 마음을 거절해야 하는 일도
그에 못지않게 힘들고 미안한 일이야.

지금 애인을 너무 좋아하는데 장거리
연애에 너무 지쳐서 그만두고 싶어져
요. 이럴 땐 어떻게 하면 좋을까요.

마음의 거리

우선 본인의 감정을 확실히 해야 할 것 같아요. '너무 좋지만, 아무리 생각해도 만나기 힘들다.' 아니면 '만나기 힘들지만, 그래도 너무 좋다.' 둘 중에 더 와닿는 말이 본인 감정에 더 가까울 거라고 생각해요.

또한 본인이 느끼고 있는 것을 상대방도 느끼고 있을 수도 있어요. 본인의 생각이 전자든 후자든 혼자 고민하고 생각하는 것보다 상대방과 대화를 나눠봤으면 좋겠어요. 현실적으로 당장 이사를 할 수는 없어도 만남의 빈도를 늘린다거나 연락을 더 많이 하는 방법도 있겠죠. 만약 문제가 해결되지 않아서 마음이 멀어진다면

그때 헤어져도 늦지 않아요. 상대방과의 대화를
통해 서로가 후회하지 않는 선택을 했으면 좋겠
어요.

몸이 멀어지면 만나지 못해서 마음이 멀어지는
사람도 있고 몸이 멀어지면 보고 싶어서 마음이
더 애틋해지는 사람도 있더라.

오래 사귀었던 사람보다 짝사랑 했던 사람이 더 생각나요.

차라리 만났다 헤어진 거면 몰라도 시작도 못
해봤기 때문에 더 아쉬운 걸 수도 있어요. 내
상상 속에서, 내 환상 속에서 나도 모르게 그
사람을 더 크게 만들어버리는 거예요. 막상 만
나보면 내가 생각했던 사람이 아닐 가능성이 큰
데도 말이에요. 제대로 가져본 적 없어서 더 갖
고 싶어지는 심리라고 할까요.

오래 만난 사람에 대해서는 빠삭히 알고 있
잖아요. 세세하게는 얼굴에 점이 몇 개나 있는
지, 울 때는 어떤 얼굴을 하고, 화낼 때는 어떤
톤의 목소리가 나오는지. 전부 알고 있으니 신
비감이랄까, 그런 게 없는 데 반해 내가 짝사랑

하던 사람은 그게 아니잖아요. 내 머릿속에 있는 얼굴을 떠올리는 데 한계가 있어요. 나를 보며 제대로 웃어준 적이 없으니 웃는 얼굴도, 싸운 적이 없으니 화내는 얼굴도 전혀 그릴 수가 없는 거예요. 그러니까 더 알고 싶게 되고 애가 타기도 한다는 거죠.

하지만 막상 짝사랑하던 사람을 정식으로 만나게 되면 어떨까요. 우리는 그 사람의 일부만을 보고 좋아하게 된 거잖아요. 어떤 단점을 가지고 있는지는 모르고서요. 사람은 완벽하지 않아서 분명 장단점이 존재해요. 장점만을 보고 좋아하던 때와는 다른 감정을 느끼게 될 수도 있다는 말이에요. 내 상상과 꼭 들어맞는 사람일 수는 없으니까요.

그러니까, 지금 느끼는 감정은 사랑보다 아쉬움에 가까울지도 모른다는 거예요. 다시 한번 생각해봐요. 서로 열렬히 사랑하던 사람을 만날 때의 감정과 지금의 감정, 둘 다 사랑이라고 확신할 수 있나요?

아쉬움이 아니라 사랑일 수도 있지만,
혼자만의 상상이 마음을 더 키운 건 아닌지
곰곰이 생각해 보길 바라.

사랑하는 사람이 결혼을 원해요. 저는 아직 결혼 생각이 없는데, 그 사람을 위해서 놔줘야 하는 걸까요?

혼자 고민하지 않았으면 좋겠어요. 연애는 둘이 하는 거잖아요. 결혼 생각은 아직 없는데, 그 사람을 사랑해서 계속 연애하고 싶다면 솔직하게 말해보세요. 상대방도 결혼은 하고 싶지만, 헤어지지 않고 싶을 수 있어요. '나는 널 사랑하지만, 지금 결혼하지 않을 거라면 헤어지자.' 이렇게 말한 게 아니라면요. 서로의 뜻을 확실히 주고받아야 한다고 생각해요.

제가 스물네 살이었을 때, 친한 친구도 비슷한 고민을 하고 있었어요. 나이 차이가 10살 정도 나는 사람을 만나고 있었는데, 그분의 집안에서는 하루빨리 결혼하기를 재촉한다고 하더라고요. 요즘 세상에 서른네 살이면 한창이라고 생각하는데, 집안 어른들의 생각은 좀 달랐나 봐요. 친구는 울면서 이렇게 말했어요.

"오빠를 너무 사랑하는 건 맞는데, 그렇다고 해서 지금 결혼을 할 수는 없어. 나는 아직 어리고, 하고 싶은 일도 너무 많아. 내가 이기적인 걸까? 지금처럼 연애만 하고 싶다고 하면 오빠의 발목을 잡는 걸까?"

친구의 말을 들으니 속상한 마음이 들었어요. 연애는 둘이 하는 건데, 왜 친구 혼자만 이렇게 고민하고 괴로워하고 있어야 하나 싶었거든요. 그래서 대화를 해보라고 했어요. 그분의 마음은 어떤지, 단순히 집안에서 결혼하라고 해서 얘기를 꺼낸 건지, 아니면 그분도 결혼을 하고 싶어서 너에게 말을 한 건지, 결혼하지 않겠다고 하면 헤어질 생각인지. 혼자만의 일이 아니라 둘의 문제니까, 대화를 해봐야 해결되지 않을까 싶어서요.

하지만 친구는 혼자 마음을 굳혔어요. 앞으로

계속 만나도 이런 문제로 부딪히게 될 것 같고, 만나는 내내 죄책감을 느끼게 될 것 같다고 하면서요. 둘은 그렇게 헤어지고 나서 한참을 힘들어했어요. 그분은 헤어지고 얼마 지나지 않아 자신과 결혼하지 않아도 좋으니 다시 만나고 싶다면서 찾아왔지만, 친구는 단호했어요. 다시 이런 상황이 됐을 때 견딜 자신이 없다면서요.

서로를 아직도 많이 좋아하는데, 이렇게 아파하면서까지 억지로 헤어져야 하나 싶은 마음에 안타깝고 속상했어요. 처음부터 대화를 해봤다면 달라지지 않았을까 싶기도 하고요. 그렇다고 해서 두 사람의 마음이 이해되지 않는 것은 아니었어요. 나라면 어떻게 했을까 생각하는 내내 친구의 입장이었다가 그분의 입장이 되기를 반복했거든요.

결혼은 누군가의 인생이 걸린 문제이기도 해요. 계속 만나고 싶으면 결혼하고 아니면 헤어지라고 간단히 말할 수 있는 게 아니잖아요. 그러니 누군가에게 조언을 구하는 것보다 상대방과의 대화가 가장 중요할 거라고 생각해요.

굳이 제 생각을 말씀드린다면, 저는 헤어지는 것을 가장 나중으로 둘 것 같아요. 많이 사랑하는 사이라면요. 그리고 당장은 결혼 생각이 없으니 이제부터 결혼을 전제로 만나보자고 할 거예요. 어느 정도의 기간을 정해서요. 저에게도 생각할 시간이 필요할 테니까요.

사랑은 사랑만으로는 안 되는 게

너무 많아서 더 어려운 것 같아.

그러니 같이 가자. 혼자가 아닌 둘이서.

2.

이별이 어려운 너에게

▼

안녕, 이제는
보내줄 수 있을 것 같아

잊지 못할 거라고 생각했어. 그때의 나는 그
랬어. 너를 절대로 잊지 못할 거라고 확신하면
서도 잊겠다는 말을 달고 살았어. 매일 잊겠다
는 핑계로 네 얘기를 하고 네 생각을 했어. 마
치 어떻게든 잊지 않으려는 사람처럼 말이야.

네 생각을 하는 시간이 줄어드는 것 같을 땐,
머릿속으로 자가 진단을 하기도 했어. '네 얼
굴이 어떻게 생겼더라, 말투는 또 어땠지, 어떤
음식을 좋아하고 어떤 장르의 영화를 즐겨 봤
더라.' 물론 답을 하기도 전에 떠오르는 것들이

대부분이었지만 말이야.

꽤 오랜 시간을 그렇게 혼자 보냈어. 너를 잊
지도 그렇다고 해서 사랑하지도 않는 마음을 유
지한 채로 말이야. 네가 이해할 수 있는 감정일
까. 가끔 보고는 싶지만, 다시 만나고 싶지는
않은 그런 마음이었어.

그래. 굳이 말하자면 구름이랄까. 꼭 구름 같
은 감정이었어. 항상 같은 자리에 있지만 닿을
수는 없었고 이따금 비가 되어 내리기도 했으니
까. 정말 재밌지 않니. 닿지도 못할 구름 같은
감정 때문에 아무도 만나지 못하고 있다니. 정
작 내 구름은 이미 멀리 떠나버리고 없는데 말
이야. 물론 새로운 사람을 만나보려는 시도를
안 했던 건 아니야. 그동안 나 좋다는 사람도
몇 번 만나보고 소개팅도 하면서 지냈어. 잘 안
됐을 뿐이지. 주변 사람들한테는 잘 맞지 않았
던 것 같다고 둘러대긴 했지만, 가끔 다른 사람
에게서 네 모습이 보이더라. 그러니 어쩌겠어.
너를 완전히 놓아야만 나도 새로운 시작을 할
수 있을 것 같았어.

한참을 생각했어. 더 이상 너를 사랑하지 않는 건 확실한데 잊지 못하는 이유에 대해서. 그때의 우리가 너무 열렬해서? 네가 첫사랑이라서? 아니면 너만큼 누군가를 사랑한 적이 없어서? 글쎄. 도저히 모르겠더라. 그래도 이유가 없을 리는 없잖아. 아직도 그 사람을 사랑하는 게 아니라면 말이야.

아, 결국 답을 찾기는 했어. 내가 바보같이 과거에서 이유를 찾고 있었더라고. 사실 원인은 나였는데. 더 정확히 말하자면 내 마음가짐이 문제였더라. 우리가 헤어진 직후에 나는 너를 '절대 잊지 못할' 거라고 확신했거든. 그 마음이 나를 여기까지 오게 한 거야. 이제는 잊지 못하는 게 아니라 잊으면 안 되는 것처럼 말이야. 내가 놓지 못한 건 네가 아니라 그때의 나였나 봐.

이제는 그 사실을 알았으니 네가 아닌 그때의 나를 놓아주려고 해. 끝까지 미련하게 사랑했던 그때의 나를 말이야. 원인을 알고 나니 조금 후련해진 기분이야. 어쩐지 씁쓸하기도 하고.

덕분에 누군가를 다시 사랑하게 되더라도 이런 감정을 반복하지는 않을 것 같아. 너를 정말 사랑했던 그때의 마음을 다시 한번 실감하게 되네. 결국, 나에게도 끝이라는 게 있었구나 정말 다행이다 싶어. 이제는 네가 떠올라서 하늘을 보는 것이 아니라 우연히 본 하늘에서 너를 떠올릴 수 있을 것 같아. 아마도 내 하늘은 이제 비가 내리지 않을 것 같아.

안녕, 그때의 나.

안 좋게 헤어진 지 얼마 안 됐어요. 다시 만나고 싶지는 않은데, 그 사람의 연락 한 번이면 그동안의 다짐들이 다시 무너지는 것 같아요.

아직도 이별하는 기간이라서 그래요. 지금의 감정이 너무 당연하다는 말이에요. 사람마다 이별의 기간이 달라요. 물론 헤어진 상대방에 따라서도 달라지고요. 그 사실을 모르고 있어서 더 힘들어하시는 것 같아요.

제가 두 번째 사랑하는 사람과 헤어질 때 그런 마음이었어요. 첫 번째로 사랑했던 사람과는 마음이 다해서 헤어졌기 때문에 정말 아무렇지 않았는데, 두 번째로 사랑했던 사람과는 다투다가 안 좋게 헤어졌었거든요. 그러다 보니 헤어지고 나서 마음이 너무 아프고 자꾸 생각나고 술 취해 걸려온 연락 한 통에 무너져서 밤새 울고 난리가 난 거예요. 그때는 몰랐지만, 지금은 '이별할 때'가 되지 않았는데 헤어져서 그랬던 거라고 생각해요.

물론 지금도 '이별할 때'가 언제인지 알 수는 없어요. 하지만 내 마음이 다해야만 완전히 헤어질 수 있다는 사실만큼은 알고 있어요. 그렇지 않은 상황에서 이별을 겪게 되면 이별의 기간이 길어질 수밖에 없다는 사실도요.

그러니 지금 느끼고 있는 당연한 감정을 받아들이고 마음이 조금은 더 편해지시기를 바라요.

흔히들 사랑은 타이밍이라고 하더라.

이별에도 타이밍이 있다는 것을 잊고서.

헤어진 지 몇 년이 지났는데도 생각나고 미련이 남아있을 땐 어떻게 해야 할까요.

　시간이 오래 지났음에도 누군가를 잊지 못하
는 가장 큰 이유는 그 사람 이후에 그만큼 사랑
하는 누군가를 만나지 못해서일 거라고 생각해
요.

　제 주변에 그런 친구가 있었어요. 정말 오랜
만에 연락해서는 2년 정도 만난 사람을 3년간
잊지 못하고 있다고 털어놓더라고요. 듣자마자
생각나는 사람이 있었어요. 저는 헤어진 사람과
도 아는 사이였거든요. 별로 가까운 친구는 아
니었지만, 들어줄 수밖에 없었던 이유는 친한
친구들은 이미 지겹게 들었던 이야기라 더이상
들어주지 않는다고 하더라고요. 얼마나 털어놓

고 싶었으면 나한테 연락을 했을까 괜히 안쓰러운 마음이 들었어요.

처음에는 애가 은근히 순정파였구나 하고 생각했었는데, 그 사람을 못 잊었다고 해서 아무도 만나지 않고 지낸 건 아니었더라고요. 3년이라는 시간 동안 여러 명을 만났던 상태였어요. 하지만 전부 그 사람만큼 좋아지지 않아서 헤어졌다는 거예요. 그때 제가 그렇게 말했어요.

"어쩌면 네가 그 사람을 못 잊은 이유는 아직도 사랑해서가 아니라 그 사람만큼 사랑하는 누군가를 만나지 못해서이지 않을까."

그 애가 그리워하는 게 단순히 그 사람만이 아닐지도 모른다는 생각이 들었거든요. 사람이 아니라 사랑이 그리웠던 것일 수도 있겠다 싶어서요. 친구도 어느 정도 수긍을 했어요. 그 사람을 만날 때처럼 누군가를 사랑한 적이 없으니, 사랑이라는 감정을 떠올리면 그 사람만 생각나는 것 같다고요. 그렇게 조금은 마음이 편해졌다며, 들어줘서 고맙다는 말과 함께 통화를 끝냈어요.

물론 너무 사랑했던 사람이라 잊지 못하는 경우도 있을 거예요. 그래도 다시 한번 생각해보세요. 아직도 그 사람을 사랑할 때처럼 마음이 저릿하고 간절한가요? 어쩌면 그때의 사람이 아니라 그때의 사랑을 그리워하는 건 아닐까요.

만약 그렇다면 미련이나 잊지 못했다는 생각보다는 사랑이라는 감정의 여운이라고 생각해주세요. 자신을 위해서 그리고 새로운 사랑을 위해서요.

이별하고서 그 사람의 흔적을 전부
지우는 게 너무 힘들어요.

마음도 정리할 수 있을 때

앨범을 정리하고 연락처를 지우고 그 사람을 차단하는 게 누군가를 잊는 방법일까요? 물론 보이지 않으면 생각은 덜 날 테니, 도움은 되겠죠. 하지만 눈에 보이는 것들을 정리한다고 해서 보이지 않는 마음까지 지워지는 건 아니잖아요.

아직 마음이 남아있다면 억지로 지우려고 하지 말아요. 연락처부터 앨범까지 하나둘 정리하는 과정에서 계속 흔적을 보게 될 거고, 삭제 버튼을 누르는 것조차 힘들잖아요. 그냥 둬요. 보고 싶으면 들어가서 보기도 해요. 지금 다 지우고 나면 사진을 보면서 우는 일은 없겠지만,

지운 걸 후회하면서 울지도 몰라요. 그러니 억지로 끊어내지 말아요.

안 그래도 이별해서 아프고 힘든데 굳이 더 괴롭게 만들 필요가 있나요. 내가 지울 수 있을 때 해도 되잖아요. 지워야만 잊을 수 있다는 생각 때문에 더한 아픔을 자처하지 않았으면 좋겠어요.

눈에 보이지 않는다고 해서
마음에도 보이지 않는 건 아니니까요.

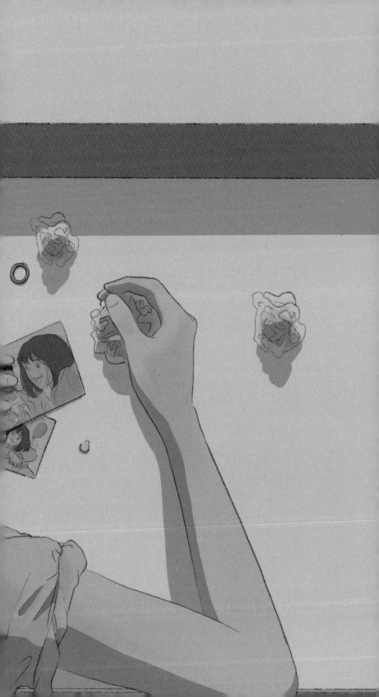

여태 사귀었던 사람들 전부 얼마 못 가서 헤어졌어요. 저한테 어떤 문제가 있는 건지 모르겠어요.

아직까지 나와 잘 맞는 사람 그리고 맞춰갈 수 있는 그런 사람을 만나지 못한 것일 수도 있어요. 그러니 이별의 원인을 본인에게서 찾지 않았으면 좋겠어요. 세상이 넓은 만큼 다양한 사람이 많아서 이별의 이유도 다양할 수밖에 없어요.

막상 본인과 잘 맞는 사람을 만나고 나면 알게 될 거예요. 내가 이상한 게 아니라 그들과 맞지 않았을 뿐이라는 걸요. 그러니 스스로를 자책하지 말아요.

그 사람은 너무 행복하게 살아가고 있는데, 저는 아직도 매일 울면서 지내요.

대부분의 사람이 누군가를 잊지 못했을 때 그 사람은 나를 잊고 너무 행복하게 잘 지내는 것 같고 새로운 사랑도 시작한 것 같은데, 본인은 하나도 괜찮지 않아서 힘들다고 해요. 그럴 때마다 저는 비슷한 답변을 했어요.

그건 본인의 추측일 뿐이고 확인된 사실이 아니라는 거예요. 누군가에게 전해 들었던 말이나 SNS만으로는 그 사람의 실제 마음이 어떤지 알 수 없어요. 보이는 게 전부는 아니잖아요. 이미 새로운 사람을 만나고 있다고 하더라도 마냥 행복하기만 할까요? 그 사람들이 어떤 감정으로 서로를 만나고 있는지도 알 수 없어요.

여기서 중요한 건 그 사람이 행복하지 않을
수도 있다는 게 아니에요. 어떤 이유에서건 상
대방의 마음을 내가 판단하지 않아야 한다는 거
예요. 상대방이 진정으로 행복하든 아니든 본인
이 아니고서는 모르는 일이니까요.

상대방의 마음을 혼자 단정 짓고 판단해서 자
신을 더 힘들게 만들지 말아요.

너는 네 마음만 생각해.

상대방이 행복하냐 불행하냐에 따라

네 마음이 달라지지 않았으면 좋겠어.

그 사람을 깨끗하게 잊을 수 있을까요.

옅어지는 감정

내 삶에 존재했던 누군가를 깨끗이 지울 수는 없다고 생각해요. 헤어졌다고 해서 함께했던 추억이 사라지는 건 아니니까요. 하지만 그때에 머물렀던 감정이 옅어지는 날은 와요. 바래진 기억은 남아있을지언정 감정은 자연스레 흘러 갈 거예요.

좋은 이별이라는 게 있을까요.

시간이 지나면

세상에 나쁜 이별, 좋은 이별이 따로 있다고 생각해 본 적은 없는 것 같아요. 저에게는 시간이 지나면 다 같은 이별이 되거든요.

만약 싸우다가 홧김에 헤어졌다거나 한 명이 크게 잘못해서 헤어졌다거나 일방적으로 마음이 끝나서 헤어진 경우엔 사랑했던 사람도 함께했던 기억도 전부 미워지잖아요. 아마 헤어진 후에도 마음이 남아있다면 계속 그 사람을 미워하게 될 테니, 결코 좋은 이별이라고 말할 수는 없겠죠.

하지만 진정으로 사랑했던 사람과의 이별은

미화가 돼요. 헤어져서 힘들었던 기억들도 시간이 지나면 전부 좋았던 기억이라고 생각하게 되는 거예요. 어쨌거나 사랑을 했기 때문에 이별도 하게 되는 거니까요.

그러니 생각하기 나름인 것 같아요. 이별을 미워하는 건 내가 사랑했던 기억들도 미워하게 되는 거니, 저는 사랑했던 사람과 했던 모든 이별을 좋은 이별이라고 생각하고 싶어요.

당시엔 힘들었던 것들이 어느새 작은 추억으로
남아있더라. 그땐 그랬지, 우리 참 어렸다.
그렇게 말하면서 웃을 수 있게 되더라고.

헤어진 연인과 친구로 지내도 될까요?

친구라는 이름으로

된다. 안 된다. 정해진 것은 없어요. 본인이 선택하는 거예요. 하지만 저는 전에 만나던 사람이 친구로 지내자고 할 때 싫다고 했어요.

헤어진 연인이 다시 친구로 지내면 주변에서 누가 미련이 남았네 뭐네 왈가왈부하는 것도 싫고, 사랑한다고 말하던 사이에서 이젠 인사만 하는 사이가 된 거잖아요. 친구라는 이름으로 매일 보는 것도 이상하고 괜히 서로 의미부여하게 될 것 같아요. 이도 저도 아닌 사이랄까. 연인이든 친구든 더 가까워지면 가까워졌지, 전보다 훨씬 멀어진 관계를 유지하고 싶지 않아·요. 괜히 허탈하고 허무하고 쓸쓸할 것 같아요.

옆에 두고 싶을 만큼 좋은 사람이었다면 더욱이
요.

그리고 앞으로 만나게 될 새로운 애인이, 내
옆에 있는 친구가 전 애인이라는 사실을 알게
되면 기분 나빠할 수도 있지 않을까요. 저라면
기분 나쁠 것 같아요. 애초에 과거의 연인 때문
에 싸울 일을 만들고 싶지 않기도 하고요.

제가 마음이 남아있다고 해도 그랬을 거예요.
상처받을 걸 알거든요. 친구라는 이름으로 옆에
있으면서 제 마음은 숨겨야 하잖아요. 좋아한다
고 말하면 친구로도 못 지낼 것 같고 그러다 그
사람이 새로운 사람을 만나게 되면 축하해줘야
겠죠. 친구는 그런 거니까요. 저한테는 너무 잔
인한 일일 것 같아요.

연인일 때는 연인이라는 이유로
친구일 때는 친구라는 이유로
상처받는 일이 없기를 바라요.

헤어진 연인에게 잘 지내냐는 연락이
왔어요. 단순히 떠보는 걸까요?

서로에게 솔직해질 시간

아직 어떤 대화도 오가지 않은 상태에선 떠보는 거라고 단정 짓지 않았으면 좋겠어요. 헤어진 사람에게 연락한다는 것이 얼마나 어려운 일인지 잘 알잖아요.

상대방이 어떤 마음인지보다 본인 감정은 어떤지를 먼저 생각해봐요. 단지 어떤 생각으로 연락했는지가 궁금한 건지, 뭔가 바라는 대답이 있는 건지 말이에요. 본인은 별 마음이 없다면 답장하지 않는 것도 괜찮은 방법이에요. 하지만 상대방에게 마음이 남아있어 다시 한번 기대하게 된다면, 차라리 솔직하게 물어보는 걸 추천해요. 대화를 해보기 전엔 모르는 거니까요.

데이트 폭력을 당했어요. 하지만 보복이 무서워서 헤어지지 못 하고 있어요.

생각보다 많은 사람이 데이트 폭력을 당했음에도 불구하고 관계를 이어가고 있어요. 아직도 너무 사랑해서, 헤어지자고 말하면 같은 일을 겪을까 무서워서, 아니면 어떻게 해야 할지 방법을 몰라서. 그 외에도 여러 이유가 있겠지만, 저는 그런 관계를 지속하지 않았으면 해요. 처음엔 실수라고 생각하겠지만, 시간이 지날수록 실수가 아니라는 걸 알게 될 테니까요.

제가 데이트 폭력을 주제로 하는 전시회에 참여했던 적이 있어요. 제가 겪었던 것은 물리적인 폭력이 아니라 정신적인 폭력이었는데, 제 경험만으로는 한계가 있을 것 같아 주변 사람들에게 많이 물어보고 다녔어요. 그리고 그 과정에서 대다수의 사람들이 그간 부끄러워 말하지 못했다거나 그 당시에는 너무 상처를 받아서 말하지 못했다고 털어놓더라고요.

이제는 괜찮아졌다며 덤덤히 말하는 지인을 보면서, 티는 안 냈지만 많이 속상했어요. 생각보다 오랜 시간을 참고 만났다고 하더라고요. 처음엔 너무 놀라서 아무것도 할 수가 없었고 그다음엔 사랑하니까 다신 안 그럴 거라는 믿음으로 버텼고 또 그다음엔 보복이 무서워져서 헤어질 수가 없었다고 해요. 그리고 주변 사람들에게 털어놓으면 신고하라고 하거나 왜 맞고만 있었느냐는 소리를 들을 것 같아서 아무에게도 말하지 못했다고 했어요.

안쓰러우면서도 조금은 이해가 됐어요. 저도 사랑하는 사람에게 온갖 욕설을 들었을 때 우는 것 외엔 아무것도 하지 못했거든요. 너무 놀라서 온몸이 떨리고 심장은 주체가 안 되고 다리에 힘도 들어가지 않았어요. 심한 욕을 들었다는 사실보다 '내가 사랑하는 사람'이 나에게 처

음 보는 표정과 말투로 욕을 퍼붓고 있다는 사
실에 상처를 받았어요. 그리고 얼마 지나지 않
아 다신 안 그러겠다며 무릎 꿇고 울면서 사과
하는데, 사랑하니까 믿고 싶은 마음에 용서를
하게 되더라고요. 그런 상황이 계속 반복될 줄
은 몰랐지만요.

시간이 지날수록 폭언의 정도가 심해지면서
알았어요. 아, 이 사람은 달라지지 않겠구나.
나는 이 사람을 만나는 내내 마음이 갈갈이 찢
기는 아픔을 겪어야 하겠구나. 지나가는 사람이
나에게 폭언을 하는 것과 이 사람의 나에게 폭
언을 하는 것, 그 둘은 무게의 차이가 엄청났거
든요. 사랑하는 사람이기 때문에요.

그렇게 짧지 않은 기간을 반복하면서 만났어
요. 사랑하는 마음이 사라질 때까지요. 제가 생
각해도 되게 미련했던 것 같아요. 매일 퍼붓는
폭언에는 어느 정도 익숙해졌지만, 이별은 익숙
해지지 않을 것 같다는 생각이었어요. 그 사람
에게 심한 말을 듣는 것보다 헤어지는 게 무서
웠어요.

타인의 입장으로 보면 되게 말도 안 되는 소리겠죠. 폭언에 익숙해져서 헤어지지 않을 수 있다는 거. 하지만 당사자는 이미 보통 사람들이 말하는 정상의 범주에서 생각할 수 없어요. 데이트 폭력부터가 정상이 아닌걸요.

제가 다시 그때로 돌아간다면, 절대 그렇게 하지 않을 거예요. 부끄럽다는 이유로, 무섭다는 이유로 주변에 숨기지 않고 다 털어놓을 거예요. 제가 정상적인 사고방식을 가질 수 있도록 도움을 요청할 거예요. 사랑한다고 해서 범죄까지 용서하는 사람이 되고 싶지도 않고, 폭력이 시작된 순간부터 그것을 사랑이라고 말하고 싶지도 않아요.

잘못을 저지른 사람은 그에 맞는 벌을 받아야 한다고 생각해요. 그것이 이별이든 처벌이든 간에요. 어떤 이유로든 혼자 끙끙 앓고 있다면, 주변에 도움을 요청하셨으면 좋겠어요. 분명 당신의 주변에도 내가 겪고 있는 것을 먼저 겪어본 사람도 있을 거고, 탓을 하기 전에 위로나 포옹을 먼저 건네는 사람도 있을 거예요. 그러니 움츠러들지도 자책하지도 말아요. 우리가 잘못한 건 사람을 잘못 만난 것뿐이에요. 세상에 맞아 마땅한 사람은 없어요. 어떤 이유에서건 폭력은 정당하지 않다는 것을 잊지 않기를 바라요.

비가 온다. 여기저기서 열이 난다. 그럼에도 전부 어쩔 수 없는 것들이라고 한다. 그러니 이해를 해야만 한다고 말한다. 비가 오는 것도 열이 나는 것도 내 의지가 아닌데, 감당은 내가 해야 하는 것들이니 괜스레 서러워진다. 할 수 있는 거라곤 비가 오면 맞아야 하는 것과 불덩이인 것들을 어떻게든 안고 가야 하는 것뿐이다. 그 과정에서 다치거나 데더라도 그것은 어쩔 수 없다.

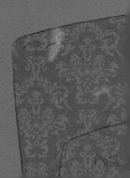

헤어졌다 만났다를 반복해요. 사랑한
다는 감정보다는 정에 가까운 것 같
아요. 이젠 정말 헤어지고 싶어요.

이게 사랑이 아니면

 사랑보다 정에 가까운 것 같다고 하셨지만,
저는 두 단어가 크게 다르지 않다고 생각해요.
정도 사랑에서 파생된 거잖아요. 우선은 진심으
로 헤어지고 싶은 이유를 본인이 알아야 할 것
같아요. 단순히 헤어졌다 만났다 반복하는 관계
에 지친 것인지, 감정이 끝난 것인지 아니면 또
다른 이유가 있는지.

 만약 정으로 유지하는 관계란 생각 때문에 헤
어짐을 결심하는 거라면, 다시 한번 생각해보시
는 게 좋을 것 같아요. 앞서 말했듯이 정이라는
것도 사랑의 한 종류라고 생각해요. 설렘은 줄
었을지언정 내게 너무 익숙하고 편안한 사람이

잖아요. 옆에 있다가 없어졌을 때 허전함은 이루 말할 수 없을 거예요.

그럼에도 불구하고 정은 사랑이 아니라는 이유로 헤어지고 싶다면, 천천히 정리할 시간을 주세요. 서로에게요. 사람 마음도 정도 억지로 뗀다고 떼어지는 것은 아니니까.

사랑해서 만났고

만나면서 정이 들었는데,

사랑이 아니라고 할 수 있나요.

더 이상 애인을 사랑하지 않는 것 같아요. 너무 미안한 마음뿐인데, 어떻게 이별의 말을 전해야 할까요?

마지막 배려

최대한 솔직하게요. 상대방이 이별을 납득할
수 있도록 해주세요. 사랑하는 사람이 더 이상
나를 사랑하지 않는다고 하면 처음엔 무척이나
마음이 아플 거예요. 하지만 이별의 이유를 말
해주지 않는다거나 어떻게든 헤어질 핑계를 만
드는 상황보다는 그게 더 낫다고 생각해요.

상대방에게 미안하다고 해서 거짓된 말들로
포장을 하면 희망 고문이 될 수도 있고, 핑계를
대거나 아무런 이유도 말을 해주지 않는다면 상
대방은 자책하게 될지도 몰라요. 이유를 모르는
이별은 자꾸만 안 좋은 생각을 하게 만들거든
요. 내가 뭘 그렇게 잘못했을까, 어떤 게 부족했

던 걸까. 상대방을 잊는 시간 내내 그런 것들만 생각하게 돼요. 차라리 마음이 떠났다고 솔직하게 말해요. 함께 시작한 마음을 먼저 끝내게 돼서 미안하다고도 말해주세요. 어떤 이유로 이별하건 원망스러울 수는 있지만, 적어도 남겨진 사람에게는 그게 가장 나은 이별이지 않을까요.

이유 없는 헤어짐은 없으니,

적어도 솔직하게 말해줬으면 해.

그게 네가 해줄 수 있는 마지막 배려 아닐까.

3.

응원이 필요한 너에게

▼

태어났기 때문에
살아야 하는 게 아닐까

　대부분의 사람이 한 번쯤은 극단적인 생각을 해봤다고 한다. 그건 그들이 어리거나 약해서가 아니다. 단지 사는 것이 너무 힘들 때 그것을 이겨낼 방법을 몰랐던 것뿐이다. 이렇게까지 살아야 하나, 이렇게 살 바엔 죽는 것이 낫지 않을까. 그런 생각이 숨을 휘감을 때, 내가 왜 살아야 하는지에 대해 생각하게 된다. 거창하게 말하자면 삶의 이유. 나를 살아가게 하고 계속해서 살고 싶게 만드는 것에 대해서.

　하지만 대부분이 놓치고 있는 단순한 사실이

있다. 우리는 태어났으니까 사는 거다. 태어났기 때문에 살아야 하는 거다. 혹자는 '태어나는 것은 선택할 수 없었지만, 죽음은 선택할 수 있지 않느냐. 나는 세상에 태어나고 싶지 않았다'라고 말하는데, 글쎄. 태어날지 안 태어날지도 모를 때부터 태어나고 싶지 않았다 말하는 건 억지다. 사람은 태어났다는 사실만으로 매년 축하를 받는다. 우리는 태어남과 동시에 삶을 선물 받은 것이며, 누군가에게 받은 선물을 버리라고 배우지는 않았다. 그러니 우리가 살아야 하는 이유는 그것만으로도 충분하지 않나.

당신에겐 삶이 선물이 아닌 것처럼 느껴지더라도, 누군가에겐 내 존재 자체가 선물일 수도 있다. 그러니 자신을 가벼이 여기지 않기를 진심으로 바란다.

항상 어떤 일을 해도 자신이 없어요.

잘하지 않아도 괜찮아

자신이 없는 이유는 여러 가지가 있겠지만, 가장 큰 이유는 '잘하고 싶어서'라고 생각해요. 잘하고 싶기 때문에 겁이 나고 자신이 없는 거예요. 그렇잖아요. 잘하고 싶은 마음이 없었다면 대충 아무렇게나 해도 될 텐데.

저도 그럴 때가 많아요. 뭐든 잘하는 사람이 되고 싶어요. 글도 잘 쓰고 싶고 말도 잘하고 싶고 연애도 잘하는 사람이었으면 좋겠어요. 하지만, 세상에 완벽한 사람은 없잖아요. 저는 제 글에 자신이 없어요. 단순히 제 마음을 전달하는 하나의 수단 같은 거라고 생각해요. 그럼에도 불구하고 '작가님 글이 참 좋아요. 작가님 글 덕분에 위로가 됐어요.'하는 감사한 말들을 들어요.

쓰기 시작한 지 수년이 지난 지금도 여전히 글에 사신이 없어요. 잘하고 싶은 마음은 더욱 커졌고요. 그래서 계속 쓰고 있어요. 글을 쓰면서 알게 된 사실이 있거든요. 잘하고 못하고가 중요한 게 아니라 일단 시작하는 게 중요하다는 것.

자신이 있어서 시작한 취미가 아니라 하고 싶어서 시작한 취미가 직업이 되는 일. 어떻게 보면 기적 같은 일이라고 할 수 있지 않을까요. 실력을 떠나서 일단 행동으로 옮긴 덕분에 이런 기적을 경험할 수 있게 된 거라고 생각해요.

어떤 일을 시작하기 전에 너무 어렵게 생각하지 말아요. 잘하지 않아도 되니, 일단 해요. 그거면 충분해요.

모든 일을 완벽하게 할 수는 없지만,
무엇인가를 해냈다는 사실만으로도
충분히 잘한 거라고 생각해요.

삶에 있어 제일 중요한 것은 뭘까요.
제 삶의 우선순위를 모르겠어요.

네가 제일 중요해

사랑, 사람, 가족, 일, 학업…. 전부 내 삶을 이루고 있는 것들인데, 어떤 것을 우선적으로 해야 맞는 건지 헷갈릴 때가 많아요. 결국엔 다 얽혀있는 것임에도 불구하고 우선적으로 하나를 선택을 해야 할 때가 오면 혼란스러워져요. 저는 그럴 때마다 스스로를 먼저 생각하려고 해요. 다른 사람이나 상황보다 내가 우선시하고 싶은 것을 선택한다는 말이에요. 제 인생에서는 제가 제일 중요하니까요.

이기적인 마음이라고 생각할 수도 있어요. 하지만 타인이나 그때의 상황으로 인해 제가 행복하지 않은 선택을 하게 된다면, 누군가에게 원망의 화살을 돌리게 되지 않을까요. 또한 저를 진심으로 생각하는 사람이라면 제가 원하지 않는 선택을 하게 두지 않을 거라고 생각해요. 제가 반대 입장이었어도 마찬가지였을 거고요.

살아가면서 우리는 많은 '선택'의 기로에 놓이게 돼요. 정말 사소한 것부터 인생에 영향을 끼칠 만한 것까지 다양하게요. 주변 사람들에게 조언이나 의견을 구하는 것도 좋지만, 본인의 삶이라는 것을 잊지 않으면서 원하는 방향으로 구축해 나가기를 바라요.

부디 너는 너를 위해 살아.

너 자신과 소중한 사람들을 위해서 말이야.

자신을 우선으로 하는 일을 이기적이라고 생각하지 말 것. 타인을 사랑하는 것도 좋지만, 타인을 사랑하느라 본인에게 소홀하지 않을 것. 나의 싫어하는 사람의 입은 멀리하고 나를 사랑해주는 사람의 입을 가까이할 것.

내 삶을 끝까지 함께해줄 사람은 다름 아닌 나 자신이며, 가장 가까운 곳에서 지켜봐 줘야 할 사람 역시 자신임을 잊지 않을 것.

제가 하고 싶었던 일을 시작하려고
할 때, 어떤 다짐을 해야 할까요?

행복해질 준비

잘 해내겠다는 다짐보다 '나는 이제 행복한 사람이 될 수 있겠구나.'라고 생각하면 어떨까요. 내가 하고 싶은 일을 하면서 살 수 있다는 건 행복한 일이니까요.

요즘엔 모든 게 의미가 없는 것 같아
요. 이럴 땐 어떻게 해야 할까요.

일상에 변화를 주는 것

어느 것에든 의미를 찾으려고 노력해야겠죠. 내가 좋아하는 것들에게 집중해 보는 건 어떨까요. 좋아하는 게 없다면 다양한 시도를 해보는 거예요. 내가 가본 적이 없던 곳에도 가 보고 먹어 보지 않았던 것들도 먹어 보면서요. 지금까지와는 다르게 살려고 노력해 봐요. 그러면서 나는 어떤 사람이고 어떤 것을 좋아하는지 알아보는 거예요. 삶의 의미라는 게 그렇게 거창하지 않아도 되잖아요. 꼭 대단한 목표가 있어야만 한다거나, 중요한 일을 하고 있지 않아도 괜찮아요. 아주 작은 거라도 나를 웃게 만드는 것이 있다면 그걸로 충분하지 않을까요.

이제야 좋아하는 일을 하게 됐는데, 슬럼프가 왔는지 힘이 쭉 빠져요. 아무것도 하고 싶지가 않아요.

제가 이번 책을 준비하면서 그랬어요. 처음
으로 냈던 책이 생각보다 많은 사랑을 받았거
든요. 초반엔 정말 감사한 마음이 컸지만, 점점
부담이 되더라고요. 제 글을 읽어주시는 분들을
실망하게 하고 싶지 않은 마음과 성장을 해야
한다는 생각에 스스로를 괴롭혔던 것 같아요.

이것밖에 못하나 싶기도 하고 어떤 책을 내야
할지도 수시로 고민하고 애써 준비했던 원고를
전부 엎어버리기도 하고. 그렇게 쓰고 또 지우
기를 반복했던 것 같아요. 어느 하나 마음에 들
지 않았거든요. 그러다 보니 의욕이 사그라들었
다고 해야 하나.

그래서 쉬기로 마음 먹었어요. 생각해보니 글을 쓰기 시작한 뒤로 처음 쉬는 거더라고요. 너무 당연하게 매일 글을 썼던 거예요. 처음엔 분명히 내가 좋아서 했던 일인데, 요즘엔 왜 그게 스트레스가 됐을까 싶은 생각에 조금 속상하기도 했어요.

집필 기간에는 멀리하던 책들도 읽고 지인들도 만나고 맛있는 것도 먹으면서 마음 편하게 지냈어요. 원고야 어떻게든 되겠지, 하는 생각이 아니라 재충전할 요량으로요. 물론 오래 쉬지는 못했어요. 금세 쓰고 싶어졌거든요.

흔히들 그렇게 말하잖아요. 잃어야만 깨달을 수 있는 것들도 있다고. 하지만 좋아하는 일을 잃고 싶은 사람이 어디 있겠어요. 그러니 그럴 땐 쉬는 게 어떨까요. 억지로 하다가는 내가 좋아하는 일마저 싫어질 수도 있으니까요.

인생은 달리기 시합이 아니잖아.
걸어가도 되고 쉬었다 가도 괜찮아.

하나둘 나이를 먹으면서 다들 바쁘게
사는데, 저만 제자리인 것 같아 불안
해요.

동백꽃처럼 피어날 거예요

저도 비슷한 기분을 느꼈던 적이 있어요. 제가 혼자 노트북을 들고 카페에 가서 글을 쓸 때, 친한 친구는 A는 사회생활 3년 차에 접어들었고 또 다른 친구 B는 일하던 직장에서 인정을 받아 승진을 하기도 했어요.

남들은 직장에서 열심히 일을 하는 시간에 저는 카페에서 열심히 글을 썼지만, 가족은 물론 지인까지 걱정하기 시작했어요. 취업했던 회사를 나와서는 제대로 된 직장을 구하긴커녕 아르바이트 생활을 전전했고, 글을 쓴다는 것을 아무에게도 말하지 않았거든요. 부끄럽기도 하고 괜히 걱정 섞인 잔소리를 듣고 싶지 않아서요.

내가 뭐라도 하고 있으니 언젠간 기회가 오겠지. 하는 막연한 마음이었던 것 같아요. 내가 가진 고민을 무겁게 생각할수록 무겁게 느껴지니까. 단순히 내 주변인들은 서서히 피어나기 시작한 거고 내 차례는 아직 오지 않은 거라고 생각했어요. 그럼에도 언젠가는 피어날 거라고 믿으면서요.

물론 지금도 대단한 사람은 아니지만, 글을 쓰는 일이 직업이 되었던 사실만으로 저는 성공했다고 생각해요.

그러니 결코 남들보다 늦은 게 아니에요. 주변 사람의 개화 시기가 봄이라면, 우리의 개화 시기는 겨울인 거예요. 꽃마다 피는 시기가 다르듯, 우리도 그런 것뿐이에요.

아직은 봉오리지만,

금방 예쁘게 피어날 거야.

수시로 흔들리는 갈대밭도 언젠가 한 방향을 바라보는 시점이 있다. 아주 찰나의 순간, 아마도 우리는 그 순간이 언제인지 알 수 없을 것이고 앞으로도 그럴 것이다. 그러니 찰나의 순간을 지나쳤다고 너무 아쉬워하지 말아라. 바람은 언젠가 다시 불어올 것이고 그것이 내 것이라면 굳이 잡지 않아도 갖게 되는 날이 올 테니까.

꿈과 현실 중에 하나만 택해야 한다는
사실 때문에 너무 괴롭고 힘들어요.

왜 꿈과 현실 중 하나를 택해야 하나요. 둘다 할 수는 없는 걸까요. 제가 글쓰기 수업을 하면서 만났던 분도 비슷한 상황이었어요. 본인은 음악을 하고 싶은데, 현실에 부딪혀 편의점 아르바이트를 하고 계신다고요. 그래서 자주 회의감이 들고 꿈에게 미안하다고 했어요.

꿈을 이루고 싶기 때문에 이것저것 도전하고 싶은 마음은 당연해요. 하지만 일을 한다고 해서 아무것도 할 수 없는 건 아니잖아요. 현실적인 문제에 부딪히지 않은 타인보다야 늦을 수는 있지만, 조금씩 천천히라도 하다 보면 내가 원하는 꿈에 다가갈 수 있다고 생각해요.

지금 상황이 어렵다는 이유로 꿈을 포기하지 않았으면 좋겠어요. 아주 작은 거라도 좋으니, 내가 할 수 있는 일이라면 꾸준히 해보시기를 바라요. 원하는 꿈을 이룬다면 너무나 행복하겠지만, 꿈이 이루어지지 않더라도 내가 하고 싶은 일을 해봤다는 사실만으로 행복해지는 순간이 올 거라고 믿어요.

내가 할 수 있는 것부터 해보자.

점차 할 수 있는 것들이 많아지게 될 거야.

현재의 소중함을 알 수 있도록 한마
디 해주세요.

　지금 이 순간 또한 언젠가는 우리가 애타게
그리워할 과거가 될 거예요. 지금도 돌아가고
싶어지는 순간들처럼.

저는 표현을 잘 못해서 사랑하는 사람들을 자주 서운하게 만들어요. 마음은 어떻게 보여줘야 하는 건가요.

포장하지 않아도 돼요

마음은 보여줄 수 있는 것이 아니에요. 사람마다 표현하는 방식은 다양하지만, 본인에게 맞는 표현 방식을 모르겠다면 있는 그대로 전달하는 건 어떨까요. 지금처럼만 말해도 충분해요.

"나는 표현에 서투른 사람이라, 한다고 하는데도 느껴지지 않을 수 있어. 하지만 최선을 다해서 하고 있다는 것을 알아줬으면 좋겠어."

그렇게 진심으로 말해준다면 상대방도 분명 고마워할 거예요.

4.

위로가 필요한 너에게

▼

미움으로부터
도망치는 중입니다

　요즘은 자꾸만 누군가가 나를 미워하는 꿈을
꾼다. 그 꿈에서 나는 상대를 미워하긴커녕 잔
뜩 겁을 먹고 필사적인 방어를 한다. 아니야,
그렇지 않아. 나는 너의 마음을 해하려고 한 적
이 없어.라고 말하면서.

　살다 보면 우리는 계속해서 사랑도 받고 미움
도 받는다. 사랑은 받아도 받아도 부족한데, 미
움은 받아도 받아도 넘치기만 한다. 마음에 미
움을 수용할 공간이 적은 탓이다. 아니, 수용하
기 싫은 탓이다. 누군가가 나를 미워한다는 사

실을 인정하기 싫은 거다. 그럼에도 어쩔 수 없
다. 누군가는 계속 나를 미워할 테고 나는 계속
넘치는 미움으로부터 도망칠 거다.

　내가 만일 미움 받을 짓을 했다면, 그건 겁
나지 않는다. 미움 받을 만하다면 미움을 수용
할 수 있다. 뻔뻔하게도 얼굴에 미움을 달고 살
겠다만, 아무런 잘못 없이 미움을 받고 싶은 이
누가 있겠는가. 미움 앞에서 나는 자꾸만 겁이
난다. 무엇을 해도, 아무것도 안 해도 미움을
받는 이는 자꾸만 움츠러든다. 이유 없이 누군
가를 미워하는 이는 계속해서 목소리를 높이고,
이유 없이 미움을 받는 이는 계속해서 작아진
다. 몸집이, 행동이, 목소리가, 공간이. 그러다
어느 순간 설 자리가 없어지면, 아무도 찾을 수
없는 곳으로 도망을 치게 되는 거다.

　누가 그러더라. 정신 병원에는 정작 치료받아
야 할 사람은 안 오고, 그 사람들 때문에 마음
을 다친 사람들만 온다고. 나는 그 말이 참 슬
펐다.

이유도 없이 우울해요. 견디기가 너무 힘들어요.

우울을 달래주세요

제가 우울할 때 가장 힘들었던 건 우울을 이겨내야 하는 것이었어요. 우울에서 벗어나기 위해 발버둥을 치면 칠수록 힘이 들고 앞으로 나아가기는커녕 더 뒤로 가고 있는 기분이 들었거든요.

이유를 알면 해결이라도 할 텐데 막상 이유를 찾으려니 자잘한 것들이 너무 많아 어떤 것인지도 모르겠고, 안 좋은 생각만 하면서 살다 보니 몸까지 안 좋아지더라고요. 주변에서는 무슨 일 있니, 어디 아프니. 기운 좀 내라고 하는데. 털어놓고 싶어도 어디서부터 어디까지 꺼내야 할지를 몰라 끙끙거리기만 했어요.

주변에서 걱정하는데도 아무 말을 할 수가 없어 참고, 참고, 또 참고. 억지로 웃어보기도 하고 이제는 괜찮다고 자기 최면을 걸어봐도 달라지는 게 없어서, 그냥 평평 울게 됐어요. 네가 어디까지 우나 보자 하고 어린애처럼 엉엉 소리까지 내면서 쏟아냈던 것 같아요.

신기하게도 그러고 나니까 좀 살 만하더라고요. 눈은 팅팅 붓고 머리는 띵한데, 속만큼은 편해졌어요. 아, 나 왜 진작 이러지 않았지? 싶을 만큼 후련한 거 있죠. 그동안 미련하게 참아왔던 게 억울할 지경이었어요.

그 이후로 저와 비슷한 상황을 겪고 있는 분들에게 이렇게 말해주고 싶었어요.

"굳이 우울을 이겨야 하나요, 힘들게 참아가며 버텨야 하나요. 져도 돼요. 울고 싶으면 울어요."

져도 돼요. 울어도 돼요. 우울은 이기라고 있는 것도 버티라고 있는 것도 아니에요. 억지로 웃고 눈물이 나도 참고 그럴 필요 없어요. 힘든 건 그냥 힘든 거예요. 내가 참는다고 해서 달라지는 건 없어요. 눈물 억지로 참아가며 밤을 새우지 말고 차라리 펑펑 울고 지쳐서 잠들어요.

참는다고 강한 사람인 거 아니고 운다고 약한 사람인 거 아니에요. 앞으로는 우울을 버틴다는 생각 말고 펑펑 울면서 우울을 달랜다고 생각하기로 해요.

나는 성인이 되어서 손톱을 깨무는 습관이 생겼고 입술을 자주 물어뜯는다. 빈 종이에 의미 없는 낙서를 하는 일이 잦아졌고 허공을 응시하는 날들이 많아졌다. 또 가끔은 저도 모르게 다리를 떤다. 날이 갈수록 심해지는 것이, 꼭 불안한 어린아이 같다. 누구의 말마따나 정말 많은 경험은 우리를 성장시키는 것일까. 거울 속 부쩍 유약해진 모습을 보며, 때로는 퇴보하는 것일 수도 있겠다고 생각했다.

사회생활을 하면서 겪는 무례한 언행
들 때문에 자꾸만 상처를 받아요.

당신은 소중한 사람이에요

존중받지 못하는 사회가 당연한 것은 아닌데
도 불구하고 무례한 사람들이 참 많아요. 나이
가 어리다는 이유로, 경험이 적다는 이유로 아
니면 그냥. 저는 아무런 잘못을 하지 않았음에
도 저를 싫어하는 사람을 상대하는 게 제일 힘
들었어요. 오해가 있다면 대화로 풀면 되고 잘
못을 했다면 사과하면 되는 일인데, 그런 사람
들은 애초에 저와 대화를 나눠볼 생각도 없거든
요. 노력해도 안 되는 일이라는 것을 알고 나자
잘하고 싶던 의욕도 사그라들고 우울한 시간도
길어져서 속상했어요.

그런데 제가 열아홉이라는 조금 어린 나이에

사회생활과 독립을 시작해서 그런지, 많은 사람을 겪어 보고 나니까 알겠더라고요. 이유 없는 비난에 상처받을 필요가 없다는 걸.

상대방의 비난에 근거가 있고 명백하다면 잘못을 인정하고 받아들이면 될 일이에요. 인정하는 자세는 나를 더 성장시키거든요. 하지만 이유 없는 비난은 마음에 담아두지 말아요. 누군가가 나에게 퍼붓는 무례들은 내가 비난받을 만한 사람이라서가 아니에요. 분명 그 자리에 누가 있던 똑같았을 거예요.

앞으론 상처받지 않는 연습을 해봤으면 좋겠어요. 상대방이 비난을 퍼부어도 '내가 그런 사람이 아니면 된 거야.' 이렇게 생각하면서요. 예쁘고 좋은 것만 들어도 살아가기 벅찬 세상이잖아요.

꽃은 물을 주어야 자라고

사람은 상처를 받아야 자라.

너의 경험과 상처가 언젠가는 좋은 밑거름이 되어

너를 더욱 성장시킬 거라고 믿어.

사람한테 상처를 많이 받아서인지, 인간관계에서 자꾸만 움츠러들게 돼요. 어떻게 하면 고칠 수 있을까요.

누구나 그렇듯이 우리는 살아가면서 많은 사람을 만나게 돼요. 그런 과정에서 가끔은 사람의 이면도 보게 되고 자연스레 상처를 받는 일이 생겨요. 그럼에도 불구하고 처음부터 그 사람이 어떤 사람인지 알 수 있는 방법이 없어 매번 반복하게 되는 것 같아요.

사람마다 다르겠지만, 저 같은 경우엔 상대방이 저한테 하는 만큼만 하려고 해요. 벽을 치고 있다고 느껴지면 저 역시 벽을 치게 되고, 잘해주면 잘해줄수록 저도 잘해주려고 노력해요. 그러다 그 사람이 나에게 마음을 열었다고 생각하면, 그때가 되어서야 저도 마음을 열게 되는 것 같아요. 그리고 그렇게 마음을 공유한 사람에게는 최선을 다해요. 타인에게 온전히 마음을 열어주는 사람은 흔치 않거든요. 굳이 많은 사람한테 잘해줄 필요 있나요. 당장 내 옆을 지켜주는 사람에게 잘하는 것만으로도 충분한걸요.

지금 당장은 힘들겠지만, 나에게 상처 준 사람을 거르게 된 좋은 계기라고 생각하셨으면 좋겠어요. 이런 경험을 토대로 앞으로 좋은 사람만 만날 수 있기를 바라요. 천천히 그리고 조금씩 열다 보면 언젠가 마음의 문을 활짝 열고 들어와 주는 사람을 만나게 될 거예요.

네가 하나를 주면 나도 하나를 주고,

네가 전부를 주면 나도 전부를 줄게.

누군가에게 이유 없이 미움을 받는 것이 속상해요. 제가 어떻게 해야 그 사람이 저를 미워하지 않을까요.

미워할 이유를 만드는 사람들

예전에는 누군가가 저를 미워한다는 사실을 알게 되면, 왜 미워하는지에 대해 계속해서 고민했어요. 내가 뭘 잘못한 걸까, 어떤 부분이 마음에 들지 않는 걸까. 하면서요. 다른 사람에게 털어놔 봐도 그냥 무시해, 정도의 대답이 돌아왔어요. 무시할 수 있었으면 고민도 하지 않았을 테고 털어놓지도 않았을 텐데 말이에요.

어릴 때는 이유 없이 미운 사람이 있다는 말을 이해하지 못했어요. 그래서 누군가가 저를 미워하는 것처럼 느껴지면, 대화를 시도해보곤 했어요. 혹시 내가 실수한 게 있는지, 우리 사이에 어떤 오해가 있는 건 아닌지. 내 기준에는

189

별거 아닌 오해라고 해도 상대방에겐 사이를 멀어지게 만드는 오해일 수도 있으니까요. 고의가 아니었다고 하더라도 상대방의 기분을 상하게 했다면 바로 사과했어요. 그리고 말해줘서 고맙다고, 앞으로 주의하겠다는 말도 덧붙이면서요. 관계 유지나 이미지 관리가 아니라 상대방의 기분이 상했다면, 제 의도와는 상관없이 잘못한 게 맞으니까요. 그렇게 오해를 풀고 나면 잠시 멀어졌던 사람과 더 가까운 사이가 됐어요. 그래서 더욱 그런 생각이 짙어졌던 것 같아요. 나를 싫어하는 사람이 있더라도 대화로 풀면 되는 거구나. 그렇게만 하면 주변에 적을 둘 일이 없을 거라고 생각했어요.

  하지만 세상에는 제가 만났던 부류의 사람만 있지는 않더라고요. 더 많은 사람을 만나고 그만큼 시야가 넓어지면서 알게 된 사실이 있어요. 제가 무엇을 했다는 이유로 저를 미워하는 사람이 있고, 아무것도 하지 않았다는 이유로 저를 미워하는 사람도 있어요. 제아무리 잘 보이려 애써도 상대방이 미워하기로 마음을 먹었

다면 계속 미워한다는 거예요. 대화 한 번 나눠
보지 않았던 사이라고 하더라도요.

　지인이 미워해서, 생긴 게 마음에 안 들어서,
목소리가 싫어서, 취향이 안 맞아서, 스타일이
별로라서, 너무 얌전하거나 또는 너무 밝아서.
사람이 사람을 미워하는 데 이렇게 많은 이유가
있을 거라고는 생각도 못 했어요. 이쯤 되면 미
워하기로 마음먹은 누군가를 계속 '미워하기 위
해' 이유를 갖다 붙이는 거라고 생각해요.

　처음에 그런 일을 겪었을 땐 억울하기도 했고
서럽기도 했는데, 저를 미워하기 위해 이유까지
만드는 사람에게 굳이 감정을 쏟을 필요가 있나
싶은 생각이 들었어요. 어차피 그런 사람들은
계속해서 생겨날 텐데 말이에요. 이제는 차라리
잘 됐다고 생각해요. 저와 대화 한 번 나눠보지
않은 상태에서 이미 저를 싫어하는 사람이잖아
요. 저도 그런 사람과는 애초에 가까이하고 싶
지 않거든요. 그러니 내 시간과 노력을 들이지
않고도 거를 사람 미리 걸렀다. 이렇게 생각하
면 마음이 편하더라고요.

앞에서 말했다시피 이유 없는 미움에는 이유가 끝도 없이 많아서, 내가 아무리 노력하더라도 미움이 사라지지 않을 거예요. 그러니 밑 빠진 독에 물 붓지 말고 나를 좋아해 주는 사람에게 더 많은 마음을 부어주세요. 내가 무엇을 해도 좋아해 주는 고마운 사람에게요. 그런 사람 한 명만 있어도 저를 미워하는 열 명쯤은 아무것도 아닌걸요.

사랑만 받아도 모자란 시간이야.

너를 미워하는 사람에게 소중한 시간과

감정을 낭비하지 않았으면 해.

정말 외모가 전부인 걸까요. 못생긴 게
죄인 것만 같아요. 제 자신이 싫어요.

누군가에게는 이미 예쁜 사람

대부분의 사람이 그렇듯이 저도 예쁘고 잘생
긴 사람을 좋아해요. 하지만 세상에는 예쁘고
잘생겼다는 말의 기준 같은 게 없어서 내 눈에
예뻐 보이면 그 사람은 나에게 예쁜 사람인 거
예요. 그 사람의 성격이 예뻐서, 마음이 예뻐
서, 말씨가 예뻐서, 누군가를 대하는 눈빛이 예
뻐서.

군이 외모가 아니더라도 사람을 예쁘게 볼 수
있는 방법은 많아요. 그만큼 이 세상에는 예쁘
고 잘생긴 사람들이 수없이 많다는 말이에요.
그러니 부디 우리는 좁은 시선으로 타인을, 또
스스로를 바라보지 않았으면 좋겠어요. 예쁜 사

람이 되는 법은 생각보다 쉬우며, 이미 나는 누
군가에게 예쁜 사람이라는 것을 알게 되는 날이
오기를 간절히 바라요.

우리는 조금씩 다르게 생겼을 뿐,
모두 똑같이 소중한 사람이잖아요.

자신을 예쁘게 보지 못하는 사람은 타인에게
도 예뻐 보이지 않는다. 예쁜 얼굴은 예쁜 마음
에서 나온다. 얼굴이 어떻든 마음이 못나면 볼
수록 못나 보이고, 마음이 예쁘면 볼수록 예뻐
보인다. 그중에서도 말을 예쁘게 하는 사람은
누구에게나 예쁜 사람으로 보인다. 자꾸만 대화
하고 싶고 찾고 싶게 만든다.

외모로 누군가를 판단하는 사람은 잘못된 사
람이다. 그런 사람과는 애초에 가까이하지 않는
것이 좋다. 누군가가 당신의 외모를 지적한다
면, 본인의 외모가 아닌 그 사람의 인성을 탓할
것. 외면이 어떻든 당신은 소중한 존재라는 것
을 잊지 않고 살아가기를 바란다.

제 자신을 사랑하고 싶어요.

나를 사랑하는 방법

자신을 사랑하는 방법은 여러 가지가 있을 거라고 생각해요. 자신을 사랑하지 않는 이유 역시 여러 가지가 있을 테니까요. 제가 생각하는 방법 중 가장 좋은 방법은 '나는 나처럼' 사는 것이에요. 자신을 꾸미지 않고 있는 그대로 살아가는 것을 뜻해요. 자신을 낮추지 않는다는 뜻이기도 하고요.

단체 생활이나 사회생활을 하다 보면, 우리는 조금씩 타인에게 우리를 맞추게 되는 것 같아요. 물론 나의 모난 부분을 갈아내어 타인에게 피해를 끼치지 않을 수 있도록 노력하는 건 아주 좋은 현상이겠죠. 하지만 그 과정에서 우리는 갉아내지 않아도 될 것까지 갉아내기도 해요. 이를테면 자신감이라던가 자존감 같은 것들을요.

칭찬을 들어도 오만해 보일까 걱정되는 마음에 나오는 지나친 겸손은 스스로를 작은 사람으로 만들기도 해요. 또한 실수라도 하면 타인에게 폐를 끼쳤다는 생각에 잘못을 용납하지 못하고 스스로를 비하하게 되는 것 같아요. 내가 아닌 다른 사람이 그랬다면 실수할 수도 있지, 하고 넘어갈 수 있는 일이어도 말이에요. 여기서 잘 생각해봐요. 사람은 완벽하지 않기에 누구나 실수를 하잖아요. 꼭 내가 못나서 잘못한 게 아닌 걸요.

누군가 나에게 칭찬을 한다면 있는 그대로 받아들이면 돼요. 아니에요, 하며 손사래를 칠 게 아니라 웃으면서 감사 인사를 드려보세요. 오히려 칭찬한 사람도 뿌듯해하지 않을까요.

또 작은 실수를 저질렀다고 해서 너무 오래 자책하지 말고, 다음엔 더 잘하면 된다는 마음을 가졌으면 좋겠어요. 나는 이것보다 더 잘할 수 있는 사람이라고 믿으면서요. 그렇게 작은 것부터 하나둘 고쳐나가다 보면 나는 어떤 것을 잘하는 사람인지, 나의 어떤 점이 사랑스러운지 알게 될 거라고 생각해요.

제 주변에는 저를 진심으로 생각해
주는 사람이 하나도 없는 것 같아요.

내가 먼저 다가가기

그렇게 확신하는 이유 중 하나는 본인이 그렇게 생각하는 사람이 없기 때문이지 아닐까요. 먼저 누군가를 그런 마음으로 대해 보시는 건 어떨까요. 주변에 같은 생각으로 누군가를 기다리고 있는 사람이 있을지도 모르니까요.

행복해지고 싶어요.

행복은 마카롱 같은 것

우리는 항상 행복해요. 단지 잠깐의 아픔들 때문에 가끔 그 사실을 망각하게 되는 것 같아요. 당장 맛있는 간식을 먹기만 해도 행복해지는걸요. 행복의 정도만 다를 뿐, 행복은 어디에나 있어요. 우리가 그렇게 믿는다면요.

그럼에도 불구하고 행복하지 않다는 생각이 든다면, 사소한 것들로부터 오는 행복을 찾아보는 건 어떨까요. 가끔은 길을 걷다 멈춰서 본 하늘이 너무 예뻐서, 지나가는 길에 만난 강아지가 너무 귀여워서, 처음 가본 카페의 커피가 너무 맛있어서 행복해지기도 하잖아요.

스스로 행복의 기준을 조금만 낮춘다면, 행복하다고 느낄 수 있는 시간이 늘어나요. 우리 오늘부터 조금씩 연습해보기로 해요. 더욱 행복해지기 위해서요.

사실 행복은 작고 귀여운 거야.

한 입만 베어 물어도 행복해지는

달달한 마카롱 같은 거지.

내 마음과 다르게 말이 뾰족하게 나
올 땐 어떻게 해야 할까요.

그런 사람은 오해를 수없이 많이 받고 살아요. 내 마음 같지 않아서 너무 힘들죠. 저도 누군가와 말을 할 때 자주 실수를 해요. 말투부터 단어 선택까지 상대방에게 오해를 사는 일이 잦았어요. 우리 같은 사람에게는 한 템포 쉬는 습관이 필요해요. 말을 하기 전에 상대방이 나와 충분히 가까운지, 아닌지부터 이 사람에게는 어느 정도의 표현이 적당한지까지 생각해야 해요.

특히 가까운 사람에게 더욱 실수를 하는 것 같아요. 나의 성격과 말투가 원래 그렇다는 것을 알고 있다는 이유로 더 거침없이 내뱉게 되는 거예요. 하지만 고의가 아닌 것을 안다고 해도 상대방의 기분이 상할 수 있다는 것을 항상 잊지 않아야 해요. 가까운 사이일수록 사소한 것에 서운해지니까요. 누군가에게 말을 전하기 전에 상대방의 입장에서 한 번 더 생각해보고 말을 내뱉으면 어떨까요.

한 번에 고치기는 어려우니, 고치는 과정에서 또 누군가에게 오해를 받는 일이 생긴다면 진심으로 사과하셨으면 좋겠어요.

"내 마음은 그렇지 않은데, 기분 나쁘게 해서 진심으로 미안해. 네 기분을 상하게 하려는 의도는 없었어."

진심을 전하는 일만큼은 오해 없이 전달이 될 거라 믿어요. 그렇게 천천히 고쳐나가다 보면 언젠가는 한 템포 쉬지 않아도 말을 둥글게 할 줄 아는 사람이 될 거예요.

내가 듣고 싶은 말을
상대에게 해주는 건 어떨까.

"힘내, 괜찮아, 잘 될 거야."

항상 순간을 놓치고 나서 후회해요.
소중하다는 것을 알면서도 보내고 난
다음 후회해요.

내게 남은 것들

저도 그래요. 다들 그렇게 살아가요. 후회 없이 행동했다고 생각해도 지나 보면 다 후회가 돼요. 더 잘할걸, 더 아껴줄걸, 더 사랑할걸. 일이든 사람이든 사랑이든 모든 것에 해당이 돼요. 어쩌면 후회보다 아쉬움이나 미련이 더 클 때도 있어요. 그래도요, 그만큼 소중하고 아쉬운 시간이 있었다는 사실에 조금은 위로가 될 때도 있지 않았나요. 정말 우리에게 남은 것들이 후회뿐일까요.

사람이 후회를 하지 않고 살 수는 없어도 최선을 다해서 살 수는 있다. 당신이 그토록 그리워하는 어제가 빛날 수 있었던 건, 오늘을 열심히 살았기 때문이다. 뒤돌아봤을 때 소중하지 않았던 날은 없다. 무척이나 힘들었던 오늘도 언젠가는 그리워하게 될 날이 올 거야.

소중한 사람을 잃은 이에게는 어떤 위로를 해줘야 할까요. 겪어본 적이 없어서 조심스러워요.

　제가 2014년부터 고양이 두 마리를 키우고 있어요. 한 마리의 이름은 네네, 다른 한 마리는 베리예요. 그중 네네가 2019년도 초에 HCM(심장병) 확진을 받았어요. 심장의 벽이 두꺼워지면서 숨 쉬는 것도 무척이나 힘들고 다양한 합병증도 유발할 수 있으며, 언제 무지개다리를 건너도 전혀 이상하지 않은 불치병이라고 해요. 합병증을 예방하려면 12시간마다 약을 먹여줘야 하고요.

　처음엔 네네가 평소보다 크게 숨을 쉬는 게 이상해서 근처 동물 병원에 데리고 갔어요. 의사 선생님이 진료를 보려고 하는데, 갑자기 네

네가 피 섞인 거품 토를 했어요. 반려묘를 데리고 오신 다른 손님은 너무 놀라 입을 막으며 '어머 어떡해'를 연발하셨고 저는 온몸에 힘이 풀렸어요. 동시에 머리가 하얘졌고요. 의사 선생님께서 진료비는 됐으니, 당장 애를 데리고 큰 병원에 가라고 하셨어요. 심장병에 걸린 것 같은데, 아무래도 증세가 심각하다면서 더 늦어지면 어떻게 될지 모르겠다고. 눈물이 앞을 가려서 잘 보이지도 않는데 우선 큰 병원에 데리고 가야 한다는 생각 때문에 네네를 데리고 나왔어요. 택시를 잡으려고 하는데, 그날따라 하나도 보이지가 않는 거예요. 하늘이 무너지는 것 같은 기분이 들어 바보 같이 주저앉아서 울었어요. 얼른 일어나서 가야한다고 생각했지만, 급한 마음과는 다르게 다리에 힘이 풀려서 움직일 수도 없었어요.

그때 상황이 믿어지지도 않고 너무 무서워서 가족이건 지인이건 누구라도 받아줬으면 하는 마음으로 마구 전화를 걸었어요. 그리고 전화를 받아준 지인에게 우리 네네 어떻게 하냐고,

우리 네네 죽으면 나 어떻게 사냐면서 막 울었던 것 같아요. 또, 전부 내 탓이라는 생각에 괴로워서 죽을 것 같았어요. 이렇게 작은 몸 안에 들어 있는 심장이 커져서 숨 쉬는 것조차 엄청 아프고 힘들었을 텐데, 그것도 몰라준 스스로가 원망스러웠어요. 슬퍼하다가 자책하기를 계속해서 반복했던 것 같아요. 그때 심정은 이미 네네를 잃은 기분이었거든요.

전화를 받아준 지인에게 정말 고마웠던 게, 제정신이 아닌 저를 대신해서 침착하게 말해줬어요. 우선 정신 차리고 병원부터 데리고 가자고, 같이 가주겠다고. 아가는 괜찮을 거야, 하면서. 계속해서 내가 같이 있어 줄게, 병원에 같이 가줄게. 네 탓이 아니야. 하는 말이 얼마나 고맙던지.

결론을 말하자면 그날 네네는 큰 병원에서 HCM 확진을 받았고, 오늘이 고비라던 의사 선생님의 말씀과는 다르게 아직 제 옆에 잘 있어요. 건강도 회복됐고요. 달라진 게 있다면, 평생 아침 9시와 저녁 9시에 알약을 먹어야 하는 것뿐이에요.

　아직까지 소중한 사람을 잃어본 적은 없지만,
소중한 존재를 잃을 뻔한 제 심정을 말해주고
싶었어요. 그리고 그때 함께 있어 주겠다던 사
람의 말 한마디가 얼마나 고마웠는지도요. 다른
말보다 그게 가장 큰 위로였던 것 같아요. 그러
니 그저 함께 있어 주세요. 너무 슬퍼할 땐 꼭
안아주기도 하면서요.

안아주세요.

곁에 있어 주세요.

당신의 존재만으로 위로가 돼요.

누구에게든 위로 받고 싶어요.

그동안 많이 힘들었구나

저는 가끔 힘내라는 말을 울어도 된다는 말로 오역하고는 해요. 힘들어하고 있는 사람에게 아무리 힘내라고 한들 힘이 날 리가 없잖아요. 대신 저를 걱정해서 힘내라고 말해준 상대방의 마음을 제가 듣고 싶은 대로 삼키는 것 같아요.

"괜찮아, 울어도 돼."
"힘들면 잠깐 쉬어도 돼."
"네 잘못이 아니야. 자책하지 말아."

제가 힘들 때 듣고 싶었던 말은 이런 것들이었거든요. 그렇다고 해서 힘내라는 말의 진짜 의미를 모르는 것은 아니에요. 기운 내라는 의미도 있을 테고 괜찮아질 거라는 의미도 있을 거예요. 어쩌면 위로하는 방법을 몰라 힘내라는 두 글자에 모든 것을 담았을 수도 있겠죠. 사람마다 위로하는 방법도 위로받는 방법도 다를 테니까요. 제가 누군가를 위로하는 방법은, 그 사람의 상황에 공감을 해주는 거예요.

"그랬구나. 힘들었겠다."
"네가 많이 속상했을 것 같아."
"그동안 혼자 버티느라 힘들었지?"

누군가 나의 심정을 이해하고 있다는 사실 만으로 큰 위로가 되거든요. 우리에게 필요한 건 어설픈 정답 같은 게 아니라 따뜻한 위로였으니까요.

말하고 싶지 않으면 하지 않아도 돼.

그저 괜찮아질 때까지 옆에 있을게.

울고 싶을 땐 편하게 울어도 괜찮아.

누군가 힘든 일 있냐고 물었을 때, "그냥"
이라는 대답이 아닌 "오늘은 위로가 필요해"
라고 대답할 수 있기를 바라요.

▼

epilogue: 감사한 마음으로

　힘든 일상을 살아가고 계시는 분들에게 필요한 책을 출간하고 싶었다. 처음으로 출간했던 도서 〈답장이 없으면 슬프긴 하겠다〉가 공감을 통한 간접적인 위로였다면, 이번에는 직접적인 위로를 해드리고자 했다.

　실제로 글을 쓰기 시작하면서 한 달에 적게는 몇십 명, 많게는 수백 명의 고민을 들었다. 나도 사람인지라 힘들 때가 많았지만, 별거 아닌 사람인 내가 '누군가에게 필요한 사람'이 될 수 있어서 감사한 시간이기도 했다.

이 책은 실제로 독자분들과 주고받았던 고민을 토대로 만들어졌다. 같은 고민을 여러 번 듣기도 하고, 나를 찾아주시는 분들이 늘어나면서 차라리 '정리된 하나의 책이 있으면 어떨까.' 하는 생각에 집필하게 되었다.

글을 보면 알겠지만, 나는 여러모로 성숙하지 못한 사람이다. 감정에 충실한 나머지 자주 현실에 부딪히고 넘어지고 울기도 많이 운다. 가끔은 영락없이 어린아이 같다. 생각보다 더 약하고 여리고 회복도 더딘 편이다. 어쩌면 그 덕에 힘든 사람들의 마음을 더 잘 느낄 수 있었던 건지도 모르겠다.

누군가는 나에게 대단하다고 말한다. 글을 쓰고 책을 내며, 사람들의 고민까지 들어준다는 이유로 말이다. 하지만 나는 그렇게 생각하지 않는다. 나도 당신과 다를 바가 없다. 힘들 땐 누군가에게 도움을 요청하고, 슬플 땐 해결할 방법을 몰라 엉엉 운다. 그럼에도 나는 그런 나를 좋아한다. 감정에 솔직한 사람이라서다. 힘들 땐 힘들다고 말할 줄 알고 사랑하는 사람에게 사랑한다고 표현할 줄도 알며, 가까운 사람에게 늘 감사하다는 마음을 전한다.

말로든 행동으로든 표현하고 나면 어느 정도 후련해진다. 참고 사는 것이 능사는 아니다. 나는 이 책을 읽게 될 누군가에게 그 말을 해주고 싶었다. 힘든 일이 있으면 말을 해야 안다. 자세한 내용까지는 말하지 않아도 괜찮다. 다만, 힘들면 힘들다고 말할 줄 아는 사람이 되었으면 좋겠다. 말하지 않아도 알아주는 사람이 있다고 하더라도, 먼저 손을 내밀지 않으면 잡아줄 수 있는 사람은 없다.

혼자서도 버틸 수 있을 거라는 생각으로 참아내지 않았으면 좋겠다. 혼자 살아가기엔 벅찬 세상이다. 우리, 서로가 서로에게 기대면서 살자. 서로의 아픔을 나란히 세워놓고 서로에게 든든한 기둥이 되어주면서 그렇게 살자.

추운 겨울날, 가희 올림

이 책이 세상에 나올 수 있도록 도움을 주신 부크럼 출판사와 꾸준히 제 글을 읽어주시는 독자분들, 사랑하는 우리 가족과 내 사람들에게 감사한 마음을 전합니다.

오늘은 위로가 필요해

1판 1쇄 발행 | 2019년 12월 18일

지은이 가 희
그 림 김수민
편 집 정소연

발행인 정영욱 | **기 획** 정소연 | **교 정** 정영주
도서기획제작팀 김 철 여태현 김태은 정영주 정소연
디자인마케팅팀 유채원 홍채은 김은지 백경희 | **영업팀** 정희목

펴낸곳 (주)부크럼
주 소 서울특별시 구로구 구로동 237 지하이시티 1813호
전 화 070-5138-9972~3 (도서기획제작팀)
이메일 editor@bookrum.co.kr
인스타그램 @bookrum.official
블로그 blog.naver.com/s2mfairy
포스트 post.naver.com/s2mfairy

제작처 (주)예인미술

ⓒ 가 희, 2019
ISBN 979-11-6214-303-2